DJINN

DU MÊME AUTEUR

UN RÉGICIDE, *roman, 1949.*
LES GOMMES, *roman, 1953,* (« double », n° 79).
LE VOYEUR, *roman, 1955.*
LA JALOUSIE, *roman, 1957,* (« double », n° 80).
DANS LE LABYRINTHE, *roman, 1959.*
L'ANNÉE DERNIÈRE À MARIENBAD, *ciné-roman, 1961.*
INSTANTANÉS, *nouvelles, 1962.*
L'IMMORTELLE, *ciné-roman, 1963.*
POUR UN NOUVEAU ROMAN, *essai, 1963,* (« double », n° 88).
LA MAISON DE RENDEZ-VOUS, *roman, 1965.*
PROJET POUR UNE RÉVOLUTION À NEW YORK, *roman, 1970.*
GLISSEMENTS PROGRESSIFS DU PLAISIR, *ciné-roman, 1974.*
TOPOLOGIE D'UNE CITÉ FANTÔME, *roman, 1976.*
SOUVENIRS DU TRIANGLE D'OR, *roman, 1978.*
DJINN, *roman, 1981.*
LA REPRISE, *roman, 2001.*
C'EST GRADIVA QUI VOUS APPELLE, *ciné-roman, 2002.*
LA FORTERESSE, *scénario pour Michelangelo Antonioni, 2009.*

Romanesques
I. LE MIROIR QUI REVIENT, *1985.*
II. ANGÉLIQUE, OU L'ENCHANTEMENT, *1988.*
III. LES DERNIERS JOURS DE CORINTHE, *1994.*

Chez d'autres éditeurs

LE VOYAGEUR. Textes, causeries et entretiens, 1947-2001, *Christian Bourgois, 2001.*
SCÉNARIOS EN ROSE ET NOIR. 1966-1983, *Fayard, 2005.*
PRÉFACE À UNE VIE D'ÉCRIVAIN, *Le Seuil, 2005.*
UN ROMAN SENTIMENTAL, *Fayard, 2007.*
POURQUOI J'AIME BARTHES, *Christian Bourgois, 2009.*

ALAIN ROBBE-GRILLET

DJINN

UN TROU ROUGE ENTRE LES PAVÉS DISJOINTS

LES ÉDITIONS DE MINUIT

www.leseditionsdeminuit.fr

ISBN 978-2-7073-2289-0

PROLOGUE

Il n'existe rien – je veux dire aucune preuve décisive – qui permette à qui que ce soit de classer le récit de Simon Lecœur dans la catégorie des pures fictions romanesques. On peut au contraire affirmer que des éléments nombreux et importants de ce texte instable, lacunaire, ou comme fissuré, recoupent la réalité (la réalité connue de tous) avec une insistance remarquable, troublante par conséquent. Et, si d'autres composantes du récit s'en écartent délibérément, c'est toujours d'une façon si suspecte que l'on ne peut s'empêcher d'y voir une volonté systématique de la part du narrateur, comme si une cause secrète avait présidé à ses changements et à ses inventions.

Une telle cause, bien entendu, nous échappe, du moins à l'heure présente. Si nous la découvrions, l'affaire dans son ensemble en serait du même coup éclaircie... Il est permis, en tout cas, de le penser.

De l'auteur lui-même, nous savons peu de chose.

Sa véritable identité, déjà, est problématique. Personne ne lui connaissait aucun parent, éloigné ou proche. On a découvert chez lui, après sa disparition, un passeport français au nom de Boris Koershimen, ingénieur électronicien, né à Kiev. Mais les services de la préfecture de police affirment que cette pièce est un faux grossier, probablement d'origine étrangère. Cependant, la photographie qui s'y trouve fixée, d'après tous les témoins, semble bien être celle du garçon.

Quant au patronyme déclaré, aucune consonance ukrainienne n'y serait guère décelable. C'est d'ailleurs avec une orthographe différente et un autre prénom qu'il s'était fait enregistrer à l'école américaine de la rue de Passy [1], où il enseignait depuis quelques mois le français littéraire moderne : « Robin Körsimos, dit Simon Lecœur ». Il s'agirait donc plutôt, cette fois, d'un Hongrois ou d'un Finlandais, ou peut-être encore d'un Grec ; mais cette dernière hypothèse ne pourrait qu'être démentie par l'aspect physique de ce long jeune homme aux cheveux très blonds et aux yeux vert clair. Enfin, il faut noter que ses collègues de l'école, ainsi que ses élèves (en majorité des jeunes filles), ne l'appelaient que « Yann », qu'ils écrivaient Ján quand ils lui adressaient de courts messages professionnels ; aucun d'entre eux n'a jamais su dire pourquoi.

Le texte qui nous occupe – quatre-vingt-

1. École franco-américaine de Paris (E. F.-A.P.), 56, rue de Passy, 75016.

dix-neuf pages dactylographiées, double interligne – était placé en évidence sur sa table de travail (dans la modeste chambre meublée qu'il louait, au 21 de la rue d'Amsterdam), à côté d'une machine à écrire vétuste qui, selon les experts, est en effet celle dont on s'est servi pour la frappe. Pourtant, la date de ce travail remonterait à plusieurs semaines, sans doute même à plusieurs mois ; et, là aussi, la proximité de la machine et des feuillets pourrait donc être le résultat d'une mise en scène, d'une falsification imaginée par ce personnage glissant afin de brouiller ses propres traces.

En lisant son récit, on a d'abord l'impression d'avoir affaire à un livre scolaire, destiné à l'enseignement du français, comme il doit en exister des centaines. La progression régulière des difficultés grammaticales de notre langue s'y distingue sans mal, au cours des huit chapitres de longueur croissante qui correspondraient, en gros, aux huit semaines d'un trimestre universitaire américain. Les verbes y sont introduits selon l'ordre classique des quatre conjugaisons, avec encore, pour la seconde, une opposition nettement marquée entre ceux qui comportent l'infixe inchoatif et ceux qui ne le comportent pas. Les temps et les modes ont été aussi parfaitement classés, se succédant de manière rigoureuse depuis le présent de l'indicatif jusqu'au subjonctif imparfait, au futur antérieur et au conditionnel. Il en va de même pour l'emploi des pronoms relatifs, dont les formes complexes n'apparaissent que tardivement. Comme d'habitude, les verbes pronominaux réciproques et idiomatiques se trouvent, en majeure partie, réservés pour la fin [2].

Néanmoins, le contenu anecdotique de ces pages demeure très éloigné de celui, volontairement anodin, que l'on rencontre en général dans les ouvrages du même type. Le degré de probabilité des événements est ici presque toujours trop faible par rapport aux lois du réalisme traditionnel. Aussi n'est-il pas interdit de voir un simple alibi dans cette prétendue destination professorale. Derrière cet alibi doit se cacher autre chose. Mais quoi ?

Voici, dans son intégralité, le texte en question. Tout en haut de la première feuille figure ce simple titre : *Le Rendez-vous.*

2. Notre thèse se voit d'ailleurs confirmée par la récente parution de ces huit chapitres chez un éditeur scolaire d'outre-Atlantique : *Holt, Rinehart and Winston,* CBS Inc., 383 Madison Ave, New York N. Y. 10017.

CHAPITRE 1

J'arrive exactement à l'heure fixée : il est six heures et demie. Il fait presque nuit déjà. Le hangar n'est pas fermé. J'entre en poussant la porte, qui n'a plus de serrure.

À l'intérieur, tout est silencieux. Écoutant avec plus de rigueur, l'oreille attentive enregistre seulement un petit bruit clair et régulier, assez proche : des gouttes d'eau qui s'écoulent de quelque robinet mal serré, dans une cuve, ou une cuvette, ou une simple flaque sur le sol.

Sous la faible clarté qui filtre à travers les larges fenêtres aux vitres crasseuses, en partie brisées, je distingue avec difficulté les objets qui m'entourent, entassés de tous côtés dans un grand désordre, hors d'usage sans doute : anciennes machines au rebut, carcasses métalliques et ferrailles diverses, que la poussière et la rouille colorent d'une teinte noirâtre, uniforme et terne.

Quand mes yeux sont un peu habitués à la pénombre, je remarque enfin l'homme, en face de moi. Debout, immobile, les deux mains dans les poches de son imperméable, il me regarde sans prononcer un mot, sans esquisser à mon adresse la moindre salutation. Le personnage porte des lunettes noires, et une idée me traverse l'esprit : il est peut-être aveugle...

Grand et mince, jeune selon toute apparence, il s'appuie d'une épaule désinvolte contre une pile de caisses aux formes inégales. Son visage est peu visible, à cause des lunettes, entre le col relevé du trench-coat et le bord du chapeau rabattu sur le front. L'ensemble fait irrésistiblement penser à quelque vieux film policier des années 30.

Immobilisé maintenant moi-même, à cinq ou six pas de l'homme qui demeure aussi figé qu'une statue de bronze, j'articule avec netteté (bien qu'à voix basse) le message codé de reconnaissance : « Monsieur Jean, je présume ? Mon nom est Boris. Je viens pour l'annonce. »

Et c'est ensuite, de nouveau, le seul bruit régulier des gouttes d'eau, dans le silence. Cet aveugle est-il également sourd et muet ?

Au bout de plusieurs minutes, la réponse arrive enfin : « Ne prononcez pas Jean, mais *Djinn.* Je suis américaine. »

Ma surprise est si forte que je la dissimule à grand-peine. La voix est en effet celle d'une jeune femme : voix musicale et chaude, avec des résonances graves qui lui donnent un air d'intimité sensuelle. Pourtant, elle ne rectifie pas cette appellation de « monsieur », qu'elle semble donc accepter.

Un demi-sourire passe sur ses lèvres. Elle demande : « Cela vous choque de travailler sous les ordres d'une fille ? »

Il y a du défi dans le ton de sa phrase. Mais je décide aussitôt de jouer le jeu. « Non, monsieur, dis-je, au contraire. » De toute façon, je n'ai pas le choix.

Djinn n'a pas l'air pressée de parler davantage. Elle m'observe avec attention, sans complaisance. Peut-être porte-t-elle sur mes capacités un jugement défavorable. Je redoute le verdict, qui tombe en fin d'examen : « Vous êtes assez joli garçon, dit-elle, mais vous êtes trop grand pour un Français. »

J'ai envie de rire. Cette jeune étrangère n'est pas en France depuis longtemps, je suppose, et elle arrive avec des idées toutes faites. « Je suis français », dis-je en guise de justification. « La question n'est pas là », tranche-t-elle après un silence.

Elle parle français avec un léger accent, qui a beaucoup de charme. Sa voix chantante et son aspect androgyne évoquent, pour moi, l'actrice Jane Frank. J'aime Jane Frank. Je vais voir tous ses films. Hélas, comme dit « monsieur » Djinn, la question n'est pas là.

Nous restons ainsi, à nous étudier, quelques minutes encore. Mais il fait de plus en plus sombre. Pour masquer ma gêne, je demande : « Où est donc la question ? »

Détendue pour la première fois, semble-t-il, Djinn esquisse le délicieux sourire de Jane. « Il va être nécessaire pour vous, dit-elle, de passer inaperçu dans la foule. »

J'ai très envie de lui renvoyer son sourire, accompagné d'un compliment sur sa personne. Je n'ose pas : elle est le chef. Je me contente de plaider ma cause : « Je ne suis pas un géant. » En fait, j'ai à peine un mètre quatre-vingts, et elle-même n'est pas petite.

Elle me demande d'avancer vers elle. Je fais cinq pas dans sa direction. De plus près, son visage a une pâleur étrange, une immobilité de cire. J'ai presque peur de m'approcher plus. Je fixe sa bouche...

« Encore », dit-elle. Cette fois, il n'y a pas de doute ses lèvres ne bougent pas quand elle parle. Je fais un pas de plus et je pose la main sur sa poitrine.

Ce n'est pas une femme, ni un homme. J'ai devant moi un mannequin en matière plastique pour vitrine de mode. L'obscurité explique ma méprise. Le joli sourire de Jane Frank est à porter au crédit de ma seule imagination.

« Touchez encore, si ça vous fait plaisir », dit avec ironie la voix charmeuse de monsieur Djinn, soulignant le ridicule de ma situation. D'où vient cette voix ? Les sons ne sortent pas du mannequin lui-même, c'est probable, mais d'un haut-parleur dissimulé juste à côté.

Ainsi, je suis surveillé par quelqu'un d'invisible. C'est très désagréable. J'ai la sensation d'être maladroit, menacé, fautif. La fille qui me parle est, aussi bien, assise à plusieurs kilomètres ; et elle me regarde, comme un insecte dans un piège, sur son écran de télévision. Je suis sûr qu'elle se moque de moi.

« Au bout de l'allée centrale, dit la voix, il y a un escalier. Vous montez au deuxième étage. Les marches ne vont pas plus haut. » Heureux de quitter ma poupée sans vie, j'exécute ces instructions avec soulagement.

Arrivé au premier étage, je vois que l'escalier s'arrête là. C'est donc un second étage à l'américaine. Cela me confirme dans mon opinion : Djinn n'habite pas en France.

Je suis maintenant dans une sorte de vaste grenier, qui ressemble tout à fait au rez-de-chaussée : mêmes vitrages sales et même disposition des allées parmi les empilements d'objets en tous genres. Il fait juste un peu plus clair.

Je tourne mes regards à droite et à gauche, à la recherche d'une présence humaine dans ce fouillis de carton, de bois et de fer.

Soudain, j'ai la troublante impression d'une scène qui se répète, comme dans un miroir : en face de moi, à cinq ou six pas, se dresse le même personnage immobile, avec son imperméable à col relevé, ses lunettes noires et son chapeau de feutre à bord rabattu sur le front, c'est-à-dire un second mannequin, reproduction exacte du premier, dans une posture identique.

Je m'approche, à présent, sans hésiter ; et j'allonge le bras en avant... Par bonheur, j'arrête à temps mon geste : la chose vient de sourire, et ici de façon incontestable, si je ne suis pas fou. Ce faux mannequin de cire est une vraie femme.

Elle tire la main gauche de sa poche, et, d'un mouvement très lent, elle lève son bras pour écarter le mien, demeuré en l'air sous l'effet de la surprise.

« Touche pas, dit-elle, c'est miné ! » La voix est bien la même, avec le même attrait sensuel et le même accent bostonien ; sauf que, désormais, elle me tutoie avec une parfaite impertinence.

« Excuse-moi, dis-je, je suis un idiot. » Elle retrouve aussitôt son ton sévère et sans réplique : « Pour la bonne règle, dit-elle, tu es toujours obligé de me dire vous. »

« O. K. », dis-je sans abandonner mon apparente bonne humeur. Pourtant, toute cette mise en scène commence à m'agacer. Djinn le fait sans doute exprès, car elle ajoute, après un instant de réflexion : « Et ne dis pas O. K., c'est très vulgaire, surtout en français. »

J'ai hâte de terminer cette entrevue déplaisante : je n'ai rien à espérer, après un tel accueil. Mais, en même temps, cette jeune fille insolente exerce sur moi une trouble fascination. « Merci, dis-je, pour les leçons de français. »

Comme devinant mes pensées, elle dit alors : « Impossible pour toi de nous quitter.

C'est trop tard, la sortie est gardée. Je te présente Laura, elle est armée. »

Je me retourne vers l'escalier. Une autre fille, exactement dans le même costume, avec lunettes noires et chapeau mou, est là, en haut des marches, les mains enfoncées dans les poches de son imperméable.

La position de son bras droit et la déformation de sa poche donnent un air vraisemblable à la menace : cette jeune personne braque sur moi un revolver, de fort calibre, dissimulé par le tissu... Ou bien elle fait semblant.

« Hello, Laura. Comment allez-vous ? », dis-je dans mon meilleur style de trileur sobre. « Comment allez-vous », affirme-t-elle en écho, d'une manière tout anglo-saxonne. Elle est sans grade dans l'organisation, puisqu'elle me vouvoie.

Une idée absurde passe dans ma tête : Laura n'est que le mannequin inanimé du rez-de-chaussée, qui, montant les marches à ma suite, se trouve de nouveau en face de moi.

En vérité, les filles ne sont plus comme autrefois. Elles jouent aux gangstères, aujourd'hui, comme des garçons. Elles organisent des rakètes. Elles font des holdeupes et du karaté. Elles violent les adolescents sans défense. Elles portent des pantalons... La vie n'est plus possible.

Djinn estime probablement que des explications sont nécessaires, car elle entame, à ce moment, un plus long discours : « Tu pardonnes, j'espère, nos méthodes. Nous sommes dans l'obligation absolue de travailler comme ça : faire attention aux ennemis éventuels, surveiller la fidélité des nouveaux amis ; bref, opérer toujours avec les plus grandes précautions, comme tu viens de voir. »

Puis, après une pause, elle continue : « Notre action est secrète, par nécessité. Elle comporte pour nous des risques importants. Tu vas nous aider. Nous allons te donner des instructions précises. Mais nous préférons (du moins au début) ne te révéler ni le sens particulier de ta mission ni le but général de notre entreprise. Cela pour des raisons de prudence, mais aussi d'efficacité. »

Je lui demande ce qui se passe si je refuse. En fait, elle ne me laisse pas d'alternative : « Tu as besoin d'argent. Nous payons. Donc, tu acceptes sans discuter. Inutile de poser des questions ou de faire des commentaires. Tu fais ce que nous demandons et c'est tout. »

J'aime la liberté. J'aime être responsable de mes actes. J'aime comprendre ce que je fais... Et, cependant, je donne mon accord à ce marché bizarre.

Ce n'est pas la peur de ce revolver imaginaire qui me pousse, ni un si vif besoin d'argent... Il y a beaucoup d'autres moyens pour gagner sa vie, quand on est jeune. Alors, pourquoi ? Par curiosité ? Par bravade ? Ou pour un motif plus obscur ?

De toute façon, si je suis libre, j'ai le droit

de faire ce que j'ai envie de faire, même contre ma raison.

« Tu penses quelque chose, que tu caches, dit Djinn. – Oui, dis-je. – Et c'est quoi ? – C'est sans rapport avec le travail. »

Djinn ôte alors ses lunettes noires, laissant admirer ses jolis yeux pâles. Puis elle m'adresse, enfin, le ravissant sourire que j'espère depuis le début. Et renonçant au tutoiement hiérarchique, elle murmure de sa voix douce et chaude : « Maintenant, vous dites ce que vous pensez. »

« La lutte des sexes, dis-je, est le moteur de l'histoire. »

CHAPITRE 2

Quand je suis de nouveau seul, marchant d'un pas vif dans les rues, maintenant vivement éclairées par les lampadaires et les vitrines des magasins, je constate en moi un véritable changement d'humeur : une allégresse toute nouvelle fait danser mon corps, agite mes pensées, colore les moindres choses autour de moi. Ce n'est plus la légèreté d'esprit, vague et indifférente, de ce matin, mais une sorte de bonheur, et même d'enthousiasme, sans raison définie...

Sans raison vraiment ? Pourquoi ne pas l'avouer ? Ma rencontre avec Djinn est la cause, évidemment, de cette transformation remarquable et soudaine. À chaque instant, à propos de tout et de rien, je pense à elle. Et son image, sa silhouette, son visage, ses gestes, sa façon de bouger, son sourire enfin, sont beaucoup trop présents dans ma tête : mon travail n'exige certainement pas de porter tant d'attention à la personne physique de mon employeur.

Je regarde les boutiques (assez laides dans ce quartier), les passants, les chiens (d'habitude, je déteste les chiens) avec amusement, avec bienveillance. J'ai envie de chanter, de courir. Je vois de la gaieté sur toutes les figures. D'ordinaire, les gens sont bêtes et tristes. Aujourd'hui, ils ont été touchés par une grâce inexplicable.

Mon nouvel emploi est certes plaisant : il a un goût d'aventure. Mais il a quelque chose de plus : un goût d'aventure amoureuse... J'ai toujours été romanesque et chimérique, c'est certain. Il importe donc, ici, de faire très attention. Mon imagination trop vive risque d'entraîner des erreurs dans mes jugements, et même de lourdes bévues dans mes actes.

Brusquement, un détail oublié remonte à la surface de ma mémoire : je suis supposé passer inaperçu. Djinn l'a dit, et répété plusieurs fois avec insistance. Or, je fais exactement le contraire : tout le monde remarque sans aucun doute ma joyeuse exaltation. Celle-ci, du coup, retombe de plusieurs degrés.

J'entre dans un café, et je commande un express noir. Les Français n'aiment que le café italien ; le café « français » n'est pas assez fort. Mais le plus mauvais de tous, pour eux, est le café américain... Pourquoi est-ce que je pense à l'Amérique ? À cause de Djinn, encore une fois ! Cela commence à m'agacer.

Paradoxe : pour ne pas être remarqué, en France, on demande un expresso italien. Est-ce que cela existe, « les Français », ou « les Américains » ? Les Français sont comme ça...

Les Français mangent ceci, et pas cela... Les Français s'habillent de cette façon-ci, ils marchent de cette manière-là... Pour manger, oui, c'est peut-être encore vrai, mais de moins en moins. Au-dessus du comptoir, il y a la liste des prix affichée au mur ; je lis : *hot-dog, pizza, sandwiches, rollmops, merguez...*

Le garçon apporte une petite tasse de liquide très noir, qu'il dépose sur la table devant moi, avec deux morceaux de sucre enveloppés ensemble dans du papier blanc. Ensuite, il s'en va, emportant au passage un verre sale qui était resté sur une autre table.

Je découvre alors que je ne suis pas le seul client dans ce bistrot qui, pourtant, était vide quand je suis entré. J'ai une voisine, une étudiante apparemment, vêtue d'une veste rouge et plongée dans la lecture d'un gros livre de médecine.

Tandis que je l'observe, elle semble deviner mon regard posé sur elle, et lève les yeux dans ma direction. Je pense ironiquement : ça y est, j'ai un mauvais point, je me suis fait remarquer ! L'étudiante me contemple en silence, longuement, comme sans me voir. Puis elle ramène les yeux vers son livre.

Mais, quelques secondes plus tard, elle m'examine à nouveau et, cette fois, elle dit d'un ton neutre, avec une sorte d'assurance tranquille : « Il est sept heures cinq. Vous allez être en retard. » Elle n'a même pas consulté sa montre. Je regarde la mienne machinalement. Il est en effet sept heures cinq. Et j'ai rendez-vous à sept heures un quart à la gare du Nord.

Ainsi, cette jeune fille est une espionne, placée par Djinn sur ma route pour surveiller mon sérieux professionnel. « Vous travaillez avec nous ? », dis-je après un instant de réflexion. Puis, comme elle demeure muette, je demande encore : « Comment êtes-vous si bien renseignée à mon sujet ? Vous savez qui je suis, où je vais, ce que j'ai à faire, et à quelle heure. Vous êtes donc une amie de Djinn ? »

Elle me considère avec une attention froide, sans doute aussi avec sévérité, car à la fin elle déclare : « Vous parlez trop. » Et elle replonge le nez dans son travail. Trente secondes plus tard, sans quitter sa lecture, elle prononce quelques mots, assez lentement, comme pour elle-même. Elle a l'air de déchiffrer un passage difficile de son livre : « La rue que vous cherchez est la troisième à droite, en continuant sur l'avenue. »

En vérité, cet ange gardien a raison : si je reste à discuter, je vais être en retard. « Je vous remercie », dis-je, en marquant mon indépendance par un salut exagérément pompeux. Je me lève, je vais jusqu'au comptoir, je paie ma consommation et je pousse la porte vitrée.

Une fois de l'autre côté, je jette un coup d'œil en arrière, vers la grande salle brillamment illuminée, où il n'y a personne d'autre que la jeune fille à la veste rouge. Elle ne lit plus. Elle a refermé le gros volume, sur sa table, et elle me suit des yeux sans montrer aucune gêne, d'un air calme et dur.

Malgré mon envie de faire le contraire, pour signifier ma liberté, je continue mon chemin dans la bonne direction, sur l'avenue, parmi la foule des hommes et des femmes qui rentrent du travail. Ils ont cessé d'être insouciants et sympathiques. Désormais, je suis persuadé que tous me surveillent. Au troisième croisement, je tourne à droite, dans une ruelle déserte et sombre.

Dépourvue de toute circulation automobile comme de voitures en stationnement, éclairée seulement de loin en loin par des réverbères désuets à la lueur jaunâtre et vacillante, abandonnée – semble-t-il – par ses habitants eux-mêmes, cette modeste rue secondaire forme un contraste total avec la grande avenue que je viens de quitter. Les maisons sont basses (un étage au plus) et pauvres, sans lumières aux fenêtres. Il y a surtout ici, d'ailleurs, des hangars et des ateliers. Le sol est inégal, revêtu de pavés à l'ancienne mode, en très mauvais état, gardant des flaques d'eau sale dans les parties creuses.

J'hésite à pénétrer plus avant dans cette voie étroite et allongée, qui ressemble fort à une impasse : malgré la demi-obscurité, je distingue une muraille sans ouverture bouchant apparemment l'autre extrémité. Cependant, une plaque bleue, à l'entrée, portait un nom de rue véritable, c'est-à-dire à double issue : « Rue Vercingétorix III ». J'ignorais l'existence d'un troisième Vercingétorix, et même celle d'un second...

À la réflexion, il y a peut-être un passage, au bout, vers la droite ou vers la gauche. Mais l'absence totale de voitures est inquiétante. Suis-je vraiment sur le bon chemin ? Mon idée était de passer par la rue suivante, qui m'est familière. Je suis sûr qu'elle mène à la gare de façon presque aussi rapide. C'est l'intervention de l'étudiante en médecine qui m'a entraîné dans ce prétendu raccourci.

Le temps presse. Mon rendez-vous à la gare du Nord est, à présent, dans moins de cinq minutes. Cette venelle perdue peut représenter une économie appréciable. Elle est, en tout cas, commode pour avancer vite : aucun véhicule ou piéton ne dérange la marche, et il n'y a pas non plus de croisements.

Le risque étant accepté (un peu au hasard, hélas), il reste à poser les pieds avec soin sur les parties praticables de la chaussée sans trottoir, où je fais les plus grandes enjambées possibles. Je vais si vite que j'ai l'impression de voler, comme dans les rêves.

J'ignore, pour le moment, le sens exact de ma mission : elle consiste seulement à repérer un certain voyageur (j'ai sa description précise en tête), qui arrive à Paris par le train d'Amsterdam, à 19 heures 12. Ensuite, une filature discrète du personnage me mène jusqu'à son hôtel. C'est tout pour l'instant. J'espère savoir bientôt la suite.

Je ne suis pas encore arrivé au milieu de l'interminable rue, quand tout à coup un enfant fait irruption à dix mètres devant moi. Il vient d'une des maisons de droite, qui est un peu plus haute que ses voisines, et traverse la chaussée avec toute la vitesse de ses jeunes jambes.

En pleine course, il trébuche sur un pavé saillant et tombe dans une flaque de boue noirâtre, sans un cri. Il ne bouge plus, étalé de tout son long sur le ventre, les bras en avant.

En quelques enjambées, je suis près du petit corps immobile. Je le retourne avec précaution. C'est un garçon d'une dizaine d'années, vêtu de façon bizarre : comme un gamin du siècle dernier, avec son pantalon serré au-dessous des genoux par un genre de chausses, et une blouse vague, assez courte, sanglée à la taille au moyen d'une large ceinture en cuir.

Il a les yeux grands ouverts ; mais les prunelles sont fixes. La bouche n'est pas fermée, les lèvres tremblent légèrement. Les membres sont mous et inertes, ainsi que le cou ; tout son corps est pareil à une poupée de chiffon.

Par chance, il n'est pas tombé dans la boue, mais juste au bord de ce trou d'eau sale. Celle-ci, observée de plus près, semble visqueuse, d'un brun presque rouge et non pas noire. Une angoisse incompréhensible pénètre en moi brusquement. La couleur de ce liquide inconnu me fait-elle peur ? Ou bien quoi d'autre ?

Je consulte ma montre. Il est sept heures neuf. Impossible, désormais, d'être à la gare pour l'arrivée du train d'Amsterdam. Toute mon aventure, née ce matin, est donc déjà finie. Mais je suis incapable d'abandonner cet enfant blessé, même pour l'amour de Djinn... Tant pis ! De toute façon, le train est manqué.

Une porte, sur ma droite, est grande ouverte. Le garçon vient de cette maison, sans aucun doute. Pourtant, il n'y a aucune lumière visible, à l'intérieur, ni au rez-de-chaussée ni à l'étage. Je soulève dans mes bras le corps du garçon. Il est d'une maigreur excessive, léger comme un oiseau.

Sous la clarté douteuse du réverbère tout proche, je vois mieux son visage : il ne porte aucune blessure apparente, il est calme et beau, mais exceptionnellement pâle. Son crâne a probablement cogné sur un pavé, et il demeure assommé par le choc. Cependant, c'est en avant qu'il est tombé, bras étendus. La tête n'a donc pas heurté le sol.

Je passe le seuil de la maison, mon frêle fardeau sur les bras. J'avance avec précaution dans un long couloir perpendiculaire à la rue. Tout est noir et silencieux.

Sans avoir rencontré d'autre issue – porte intérieure ou bifurcation – j'arrive à un escalier de bois. Il me semble apercevoir une faible lueur au premier étage. Je monte à pas lents, car j'ai peur de trébucher, ou de toucher quelque obstacle invisible avec les jambes ou la tête du gamin, toujours inanimé.

Sur le palier du premier étage donnent deux portes. L'une est close, l'autre entrebâillée. C'est de là que provient une vague clarté. Je pousse le battant avec mon genou et j'entre dans une chambre de vastes dimensions, avec deux fenêtres sur la rue.

Il n'y a pas d'éclairage dans la pièce. C'est seulement la lumière des réverbères qui arrive de l'extérieur, par les vitres sans rideaux ; elle est suffisante pour que je distingue le contour des meubles : une table en bois blanc, trois ou quatre chaises dépareillées, au siège plus ou moins défoncé, un lit de fer à l'espagnole et une grande quantité de malles, aux formes et tailles diverses.

Le lit comporte un matelas, mais pas de draps ni de couvertures. Je dépose l'enfant, avec toute la délicatesse possible, sur cette couche rudimentaire. Il est toujours sans connaissance, ne donnant aucun signe de vie, hormis une très faible respiration. Son pouls est presque imperceptible. Mais ses grands yeux, restés ouverts, brillent dans la pénombre.

Je cherche du regard un bouton électrique, un commutateur, ou quelque chose d'autre pour donner de la lumière. Mais je ne vois rien de ce genre. Je remarque, alors, qu'il n'y a pas une seule lampe – plafonnier, abat-jour ou ampoule nue – dans toute la pièce.

Je retourne jusqu'au palier et j'appelle, à mi-voix d'abord, puis plus fort. Aucune réponse ne parvient à mes oreilles. Toute la maison est plongée dans un silence total, comme abandonnée. Je ne sais plus quoi faire. Je suis abandonné moi-même, hors du temps.

Puis une idée soudaine ramène mes pas vers les fenêtres de la chambre : où allait l'enfant dans sa brève course ? Il traversait la chaussée, d'un bord à l'autre, en droite ligne. Il habite donc peut-être en face.

Mais, de l'autre côté de la rue, il n'y a pas de maison : seulement un long mur de brique, sans aucune ouverture discernable. Un peu plus loin sur la gauche, c'est une palissade, en mauvais état. Je reviens à l'escalier et j'appelle de nouveau, toujours en vain. J'écoute les battements de mon propre cœur. J'ai l'impression très forte, cette fois, que le temps est arrêté.

Un léger craquement, dans la chambre, me rappelle vers mon malade. Arrivé à deux pas du lit, j'ai un mouvement de stupeur, un recul instinctif : le garçon est exactement dans la même position que tout à l'heure, mais il a maintenant un grand crucifix posé sur la poitrine, une croix de bois sombre avec un christ argenté, qui va des épaules jusqu'à la taille.

Je regarde de tous les côtés. Il n'y a personne, que le gamin étendu. Je pense donc d'abord que celui-ci est, lui-même, l'auteur de cette macabre mise en scène : il simule l'évanouissement, mais il bouge quand j'ai le dos tourné. J'observe de tout près son visage ; les traits sont aussi figés que ceux d'une figure de cire, et le teint est aussi blafard. Il a l'air d'un gisant sur une tombe.

À ce moment, relevant la tête, je constate la présence d'un deuxième enfant, debout au seuil de la chambre : une petite fille, âgée d'environ sept à huit ans, immobile dans l'encadrement de la porte. Ses yeux sont fixés sur moi.

D'où vient-elle ? Comment est-elle arrivée ici ? Aucun bruit n'a signalé son approche. Dans la clarté douteuse, je distingue néanmoins nettement sa robe blanche, à l'ancienne mode, avec un corsage ajusté et une large jupe froncée, bouffante mais assez raide, qui retombe jusqu'aux chevilles.

« Bonjour, dis-je, est-ce que ta maman est là ? »

La fillette continue à me regarder en silence. Toute la scène est tellement irréelle, fantomatique, pétrifiée, que le son de ma propre voix sonne étrangement faux pour moi-même, et comme improbable, dans cet espace frappé d'enchantement, sous l'insolite lumière bleuâtre...

Comme il n'y a pas d'autre solution que de hasarder encore quelques mots, je prononce, à grand-peine, cette phrase banale :

« Ton frère est tombé. »

Mes syllabes tombent, elles aussi, sans éveiller de réponse ni d'écho, comme des objets inutiles, privés de sens. Et le silence se referme. Ai-je vraiment parlé ? Le froid, l'insensibilité, la paralysie commencent à gagner mes membres.

CHAPITRE 3

Combien de temps le charme a-t-il duré ?

Prenant une brusque résolution, la petite fille vient vers moi, sans rien dire, d'un pas décidé. Je fais un immense effort pour sortir de mon engourdissement. Je passe la main sur mon front, sur mes paupières, à plusieurs reprises. Je réussis enfin à remonter jusqu'à la surface. Peu à peu, je retrouve mes sens.

À ma grande surprise, je suis maintenant assis sur une chaise paillée, au chevet du lit. Près de moi, le garçon dort toujours, allongé sur le dos, les yeux ouverts, le crucifix posé sur la poitrine. Je parviens à me lever sans trop de mal.

La petite fille tient devant elle un chandelier en cuivre, qui brille comme de l'or ; il est muni de trois bougies, éteintes. Elle marche sans faire le moindre bruit, glissant à la manière des spectres ; mais c'est à cause de ses chaussons à semelles de feutre.

Elle dépose le chandelier sur la chaise que je viens de quitter. Puis elle allume les trois bougies, l'une après l'autre, avec application, craquant à chaque fois une nouvelle allumette et soufflant la flamme après usage, pour replacer ensuite le reste noirci dans la boîte, avec un très grand sérieux.

Je demande : « Où y a-t-il un téléphone ? Nous allons appeler un médecin pour ton frère. »

La fillette me dévisage avec une sorte de condescendance, comme on fait pour un interlocuteur sans compétence, ou insensé.

« Jean n'est pas mon frère, dit-elle. Et le docteur ne sert à rien, puisque Jean est mort. »

Elle parle sur un ton posé de grande personne, sans formules enfantines. Sa voix est musicale et douce, mais n'exprime aucune émotion. Ses traits ressemblent beaucoup à ceux du garçon évanoui, en plus féminin naturellement.

« Il s'appelle Jean ? », dis-je. La question est superflue ; mais tout à coup le souvenir de Djinn m'envahit et je ressens, de nouveau, un violent désespoir. Il est maintenant plus de sept heures et demie. L'affaire est donc bien finie... mal finie, plutôt. La petite fille hausse les épaules :

« Évidemment, dit-elle. Comment voulez-vous l'appeler ? » Puis, toujours du même air grave et raisonnable, elle poursuit : « Déjà, hier, il est mort.

– Qu'est-ce que tu racontes ? Quand on meurt, c'est pour toujours.

– Non, pas Jean ! », affirme-t-elle avec une si catégorique assurance que je me sens moi-même ébranlé. Je souris intérieurement, néanmoins, à l'idée du spectacle bizarre que nous offrons, elle et moi, et des propos absurdes que nous tenons. Mais je choisis de me prêter au jeu :

« Il meurt souvent ?

– En ce moment, oui, assez souvent. D'autres fois, il reste plusieurs jours sans mourir.

– Et cela dure longtemps ?

– Une heure peut-être, ou une minute, ou un siècle. Je ne sais pas. Je n'ai pas de montre.

– Il sort tout seul de la mort ? Ou bien tu dois l'aider ?

– Quelquefois il revient tout seul. En général, c'est quand je lave sa figure ; vous savez : l'extrême-onction. »

Je saisis, à présent, le sens probable de tout cela : le garçon doit avoir des syncopes fréquentes, sans doute d'origine nerveuse ; l'eau froide sur son front sert de révulsif pour le ranimer. Je ne peux pas, cependant, quitter ces enfants avant le réveil du malade.

La flamme des bougies rosit maintenant son visage. Des reflets plus chauds adoucissent les ombres, autour de la bouche et du nez. Les prunelles, qui reçoivent aussi cette clarté nouvelle, réfléchissent des lueurs dansantes, brisant la fixité du regard.

La petite fille en robe blanche s'assoit sans ménagements sur le lit, aux pieds du prétendu cadavre. Je ne peux retenir un geste, pour protéger le garçon des secousses qu'elle risque ainsi de donner au sommier métallique. Elle me jette en retour un regard méprisant.

« Les morts ne souffrent pas. Vous devez le savoir. Ils ne sont même pas ici. Ils dorment dans un autre monde, avec leurs rêves... » Des inflexions plus basses obscurcissent le timbre de sa voix, qui devient plus tendre et plus lointaine pour murmurer : « Souvent, je dors près de lui, quand il est mort ; nous partons ensemble au paradis. »

Une sensation de vide, une angoisse démesurée, une fois de plus, assaillent mon esprit. Ni ma bonne volonté ni ma présence ne servent à rien. Je veux sortir de cette chambre hantée, qui affaiblit mon corps et ma raison. Si j'obtiens des explications suffisantes, je sors aussitôt. Je répète ma première question :

« Où est ta maman ?

– Elle est partie.

– Quand revient-elle ?

– Elle ne revient pas », dit la petite fille.

Je n'ose plus insister davantage. Je perçois là l'existence de quelque drame familial, douloureux et secret. Je dis, pour changer de sujet :

« Et ton papa ?

– Il est mort.

– Combien de fois ? »

Elle ouvre sur moi des yeux étonnés, pleins de compassion et de reproche, qui réussissent très vite à me donner mauvaise conscience. Au bout d'un temps notablement long, elle consent enfin à expliquer :

« Vous dites des bêtises. Quand les gens meurent, c'est définitif. Les enfants eux-mêmes savent cela. » Ce qui est la logique même, de toute évidence.

Me voilà donc bien avancé. Comment ces gosses peuvent-ils habiter ici tout seuls, sans père ni mère ? Ils vivent peut-être ailleurs, chez des grands-parents ou chez des amis, qui les ont recueillis par charité. Mais, plus ou moins délaissés, ils courent toute la journée à droite et à gauche. Et cette bâtisse abandonnée, sans électricité ni téléphone, n'est que leur terrain de jeu favori. Je demande :

« Où vivez-vous, ton frère et toi ?

– Jean n'est pas mon frère, dit-elle, c'est mon mari.

– Et tu vis avec lui dans cette maison ?

– Nous vivons où nous voulons. Et, si vous n'aimez pas notre maison, pourquoi êtes-vous venu ? Nous n'avons rien demandé à personne. »

En somme, elle a raison. J'ignore ce que je fais là. Je résume dans ma tête la situation : une fausse étudiante en médecine infléchit ma route vers une ruelle que je n'ai pas choisie ; j'aperçois un gamin qui court, juste devant moi ; il tombe et s'évanouit ; je transporte son corps dans l'abri le plus proche ; là, une petite fille raisonneuse et mystique me tient des discours sans queue ni tête au sujet des absents et des morts.

« Si vous voulez voir son portrait, il est accroché au mur », dit mon interlocutrice en guise de conclusion. Comment a-t-elle deviné que je pense encore à son père ?

Sur la paroi qu'elle désigne de la main, entre les deux fenêtres, un petit cadre d'ébène contient en effet la photographie d'un homme d'une trentaine d'années, en costume de sous-officier de la marine. Une branchette de buis bénit est glissée sous le bois noir.

« Il était marin ?

– Évidemment.

– Il est mort en mer ? »

Je suis persuadé qu'elle va de nouveau dire « Évidemment », avec son imperceptible haussement des épaules. Mais, en fait, ses réponses déçoivent toujours mon attente. Et, cette fois, elle se contente de rectifier, comme une institutrice corrigeant un élève : « Péri en mer », ce qui est l'expression juste quand il s'agit d'un naufrage.

Cependant, de telles précisions se conçoivent mal dans la bouche d'une enfant de cet âge. Et j'ai l'impression, tout à coup, qu'elle récite une leçon. Sous la photo, une main appliquée a écrit ces mots : « Pour Marie et Jean, leur papa chéri. » Je me détourne à demi vers la fillette :

« Tu t'appelles Marie ?

– Évidemment. Comment voulez-vous m'appeler ? »

Tandis que j'inspecte le portrait, je pressens soudain un piège. Mais déjà la petite fille poursuit :

« Et toi, tu t'appelles Simon. Il y a une lettre pour toi. »

Je viens juste de remarquer une enveloppe blanche, qui dépasse légèrement sous le rameau de buis. Je n'ai donc pas le temps de réfléchir aux étonnantes modifications survenues dans le comportement de Marie : elle me tutoie et elle sait mon prénom.

Je saisis délicatement la lettre entre deux doigts, et je la retire de sa cachette sans abîmer les feuilles du buis. L'air et la lumière jaunissent vite ce genre de papier. Celui-ci n'est ni jaune ni défraîchi, me semble-t-il sous ce médiocre éclairage. Il ne doit pas être là depuis longtemps.

L'enveloppe porte le nom complet du destinataire « Monsieur Simon Lecœur, dit Boris », c'est-à-dire non seulement mon propre nom, mais aussi le mot de passe de l'organisation où je travaille depuis à peine quelques heures. Plus curieusement encore, l'écriture ressemble en tous points (même encre, même plume, même main) à celle de la dédicace sur la photographie du marin...

Mais, à cet instant, la petite fille crie à tue-tête, derrière moi : « Ça y est, Jean, tu peux te réveiller. Il a trouvé le message. »

Je fais un brusque demi-tour, et je vois le gamin inanimé se redresser d'un seul coup et s'asseoir sur le bord du matelas, jambes pendantes, à côté de sa sœur ravie. Tous les deux applaudissent avec ensemble et tressaillent de joie sur le lit métallique, qui est secoué par leurs rires pendant près d'une minute. Je me sens tout à fait idiot.

Puis Marie, toujours sans transition, retrouve son sérieux. Le garçon l'imite bientôt ; il obéit – je pense – à cette fillette nettement plus jeune que lui, mais aussi plus délurée. Elle déclare alors à mon intention :

« Maintenant, c'est toi qui es notre papa. Je suis Marie Lecœur. Et voici Jean Lecœur. »

Elle bondit sur ses jambes pour désigner son complice, avec cérémonie, en faisant une révérence vers moi. Ensuite, elle court jusqu'à la porte du palier ; là, elle appuie sans doute sur un bouton électrique (placé à l'extérieur), car aussitôt une lumière très vive envahit toute la chambre, comme dans une salle de spectacle à la fin de l'acte.

Les nombreuses lampes, des appliques anciennes en forme d'oiseaux, sont en vérité assez visibles ; mais, lorsqu'elles ne sont pas allumées, elles peuvent passer inaperçues. Marie, légère et vive, est revenue vers le lit, où elle s'est rassise tout contre son grand frère. Ils se disent des choses tout bas, dans le creux de l'oreille.

Puis, ils me regardent de nouveau. Ils ont

à présent un air attentif et sage. Ils veulent voir la suite. Ils sont au théâtre, et moi sur la scène, en train de jouer une pièce inconnue, qu'un étranger a écrite pour moi... Ou, peut-être, une étrangère ?

J'ouvre l'enveloppe, qui n'est pas collée. Elle contient une feuille de papier pliée en quatre. Je la déploie avec soin. L'écriture est encore la même, celle d'un gaucher sans aucun doute, ou, plus précisément, d'une gauchère. Mon cœur bondit en voyant la signature...

Mais aussi, je perçois mieux, tout à coup, la raison de ma méfiance instinctive, il y a un instant, devant ces caractères manuscrits penchés à contresens, sous le portrait encadré de noir : très peu de gens, en France, écrivent avec la main gauche, surtout dans la génération de ce marin.

La lettre n'est guère une lettre d'amour, évidemment. Mais quelques mots, c'est déjà beaucoup, en particulier quand ils proviennent d'une personne qu'on venait de perdre pour toujours. Plein d'entrain désormais, face à mon jeune public, je lis le texte à haute voix, comme un acteur de comédie :

« Le train d'Amsterdam était une fausse piste, dans le but d'égarer les soupçons. La vraie mission commence ici. Maintenant que vous avez fait connaissance, les enfants vont te conduire là où vous devez aller ensemble. Bonne chance. »

C'est signé « Jean », c'est-à-dire Djinn, sans

erreur possible. Mais je saisis mal la phrase sur les soupçons. Les soupçons de qui ? Je replie le papier, et je le replace dans son enveloppe. Marie applaudit brièvement. Avec quelque retard, Jean fait comme elle, sans enthousiasme.

« J'ai faim, dit-il. C'est fatigant d'être mort. »

Les deux enfants viennent alors vers moi et saisissent chacun une de mes mains, avec autorité. Je me laisse faire, puisque ce sont les instructions. Nous sortons ainsi tous les trois, de la pièce d'abord, de la maison ensuite, comme une famille qui part en promenade.

L'escalier et le couloir du rez-de-chaussée, comme le palier du premier étage, sont à présent brillamment éclairés, eux aussi, au moyen de fortes ampoules. (Qui les a donc allumées ?) Comme Marie ne ferme, en partant, ni l'électricité ni la porte de la rue, je demande pourquoi. Sa réponse n'est pas plus surprenante que le reste de la situation :

– « Ça ne fait rien, dit-elle, puisque Jeanne et Joseph sont là.

– Qui sont Jeanne et Joseph ?

– Eh bien, Joseph c'est Joseph, et Jeanne c'est Jeanne. »

Je termine moi-même sa phrase : « ... évidemment. »

Elle me tire par la main vers la grande avenue, marchant d'un pas vif, ou sautillant par moment à cloche-pied, sur les pavés inégaux.

Jean, au contraire, se laisse un peu traîner. Au bout de quelques minutes, il répète :

« J'ai très faim.

– C'est l'heure de son dîner, dit Marie. On doit lui donner à manger. Autrement, il va encore mourir ; et nous n'avons plus le temps de jouer à ça. »

En finissant ces derniers mots, elle éclate d'un rire bref, très aigu, un peu inquiétant. Elle est tout à fait folle, comme la plupart des enfants trop raisonnables. Je me demande quel âge elle peut avoir, en réalité. Elle est petite et menue, mais elle a peut-être bien plus de huit ans.

« Marie, quel âge as-tu ?

– Ça n'est pas poli, tu sais, de questionner les dames au sujet de leur âge.

– Même à cet âge-là ?

– Évidemment. Il n'y a pas d'âge pour commencer à être poli. »

Elle a prononcé cet aphorisme d'un ton sentencieux, sans le moindre sourire de connivence. Est-elle, ou non, consciente de l'absurdité de son raisonnement ? Elle a tourné à gauche, dans l'avenue, nous entraînant, Jean et moi, derrière elle. Son pas, aussi décidé que son caractère, n'incite guère à poser des questions. C'est elle qui, soudain, s'arrête net, pour formuler celle-ci, en levant sur moi des yeux sévères :

« Tu sais mentir, toi ?

– Quelquefois, quand c'est nécessaire.

– Moi, je mens très bien, même si c'est inutile. Quand on ment par nécessité, ça a moins de valeur, évidemment. Je peux rester une journée entière sans énoncer une seule chose vraie. J'ai même eu un prix de mensonge, à l'école, l'année dernière.

– Tu mens », dis-je. Mais ma riposte ne la trouble pas une seconde. Et elle continue, sur sa lancée, avec un tranquille aplomb :

« En classe de logique, nous faisons cette année des exercices de mensonge au second degré. Nous étudions aussi le mensonge du premier degré à deux inconnues. Et quelquefois, nous mentons à plusieurs voix, c'est très excitant. Dans la classe supérieure, elles font le mensonge du second degré à deux inconnues et le mensonge du troisième degré. Ça doit être difficile. J'ai hâte d'être à l'année prochaine. »

Puis, de façon tout aussi soudaine, elle repart en avant. Le garçon, lui, n'ouvre pas la bouche. Je demande :

« Où allons-nous ?

– Au restaurant.

– Nous avons le temps ?

– Évidemment. Qu'est-ce qu'on t'a écrit, sur la lettre ?

– Que tu vas me conduire où je dois aller.

– Alors, comme je te conduis au restaurant, tu dois donc aller au restaurant. »

C'est en effet sans réplique. Nous arrivons d'ailleurs devant un café brasserie. La petite fille pousse la porte vitrée avec autorité, et une étonnante vigueur. Nous entrons à sa suite, Jean et moi. Je reconnais immédiatement le café où j'ai rencontré l'étudiante en médecine à la veste rouge...

Elle est toujours là, assise à la même place, au milieu de la grande salle vide. Elle se lève en nous voyant arriver. J'ai la conviction qu'elle guettait mon retour. En passant près de nous, elle fait un petit signe à Marie et dit à mi-voix :

« Tout va bien ?

– Ça va », dit Marie, très fort, sans se gêner. Et tout de suite après, elle ajoute : « Évidemment. »

La fausse étudiante sort, sans m'avoir accordé un regard. Nous nous asseyons à l'une des tables rectangulaires, dans le fond de la salle. Sans raison évidente, les enfants choisissent celle qui est la moins éclairée. Ils fuient les lumières trop crues, semble-t-il. De toute manière, c'est Marie qui décide.

« Je veux une pizza, dit Jean.

– Non, dit sa sœur, tu sais bien qu'ils les remplissent exprès de bactéries et de virus. »

Tiens, me dis-je, la prophylaxie gagne du terrain chez les jeunes. Ou bien ceux-ci sont-ils élevés dans une famille américaine ? Comme le serveur approche de nous, Marie commande des croque-monsieur pour tout le monde, deux limonades, « et un demi pour Monsieur, qui est russe ». Elle me fait une horrible grimace, tandis que l'homme s'éloigne, toujours muet.

« Pourquoi as-tu dit que j'étais russe ? D'ailleurs, les Russes ne boivent pas plus de bière que les Français, ou les Allemands...

– Tu es russe, parce que ton nom est Boris. Et tu bois de la bière comme tout le monde, Boris Lecœurovich ! »

Changeant à la fois de ton et de sujet, elle se penche ensuite à mon oreille pour murmurer, sur un ton de confidence :

« Tu as remarqué la tête du garçon de café ? C'est lui qui est sur la photographie, en uniforme de marin, dans le cadre mortuaire.

– Il est vraiment mort ?

– Évidemment. Péri en mer. Son fantôme revient servir dans le café où il travaillait autrefois. C'est pour ça qu'il ne parle jamais.

– Ah bien, dis-je. Je vois. »

L'homme en veste blanche surgit soudain devant nous, avec les boissons. Sa ressemblance avec le marin n'est pas évidente. Marie lui dit, très mondaine :

« Je vous remercie. Ma mère va passer demain, pour payer. »

CHAPITRE 4

Tandis que nous mangions, j'ai demandé à Marie comment ce serveur pouvait être employé dans un café, avant sa mort, puisqu'il était marin. Mais elle ne s'est pas troublée pour si peu :

« C'était évidemment pendant ses permissions. Sitôt à terre, il venait voir sa maîtresse, qui travaillait là. Et il servait avec elle, par amour, les petits verres de vin blanc et les cafés-crème. L'amour, ça fait faire de grandes choses.

– Et sa maîtresse, qu'est-elle devenue ?

– Quand elle a su la fin tragique de son amant, elle s'est suicidée, en mangeant une pizza industrielle. »

Ensuite, Marie a voulu savoir comment vivaient les gens à Moscou, puisqu'elle venait de m'attribuer la nationalité russe. J'ai dit qu'elle devait bien le savoir, elle aussi, qui était ma fille. Elle a alors inventé une nouvelle histoire à dormir debout :

« Mais non. Nous n'habitions pas avec toi. Des bohémiens nous ont enlevés, Jean et moi, quand nous étions encore bébés. Nous avons logé dans des roulottes, parcouru l'Europe et l'Asie, mendié, chanté, dansé dans des cirques. Nos parents adoptifs nous obligeaient même à voler de l'argent, ou des choses dans les magasins.

« Quand nous désobéissions, ils nous punissaient cruellement : Jean devait dormir sur le trapèze volant, et moi dans la cage du tigre. Heureusement, le tigre était très gentil ; mais il avait des cauchemars, et il rugissait toute la nuit : ça me réveillait en sursaut. Quand je me levais le matin, je n'avais jamais assez dormi.

« Toi, pendant ce temps-là, tu courais le monde à notre recherche. Tu allais tous les soirs au cirque – un nouveau cirque chaque soir – et tu rôdais dans les coulisses pour interroger tous les petits enfants que tu rencontrais. Mais, probablement, tu regardais surtout les écuyères... C'est seulement aujourd'hui que nous nous sommes retrouvés. »

Marie parlait vite, avec une sorte de conviction hâtive. Brusquement, son excitation est tombée. Elle a réfléchi un moment, soudain rêveuse, puis elle a terminé avec tristesse :

« Et encore, on n'est pas sûrs de s'être retrouvés. Ce n'est peut-être pas nous, ni toi non plus... »

Estimant sans doute qu'elle avait assez dit de bêtises, Marie a déclaré, alors, que c'était à mon tour de raconter quelque chose.

Comme j'ai mangé plus vite que les enfants, j'ai fini mon croque-monsieur depuis longtemps. Marie, qui mâche chaque bouchée avec lenteur et application, entre ses longs discours, ne semble pas près d'avoir terminé son repas. Je demande quel genre d'histoire elle désire. Elle veut – c'est catégorique – une « histoire d'amour et de science-fiction », ce dernier mot étant prononcé à la française, bien entendu. Je commence donc :

« Voilà. Un robot rencontre une jeune dame... »

Mon auditrice ne me laisse pas aller plus loin.

« Tu ne sais pas raconter, dit-elle. Une vraie histoire, c'est forcément au passé.

– Si tu veux. Un robot, donc, a rencontré une...

– Mais non, pas ce passé-là. Une histoire, ça doit être au passé historique. Ou bien personne ne sait que c'est une histoire. »

Sans doute a-t-elle raison. Je réfléchis quelques instants, peu habitué à employer ce temps grammatical, et je recommence :

« Autrefois, il y a bien longtemps, dans le beau royaume de France, un robot très intelligent, bien que strictement métallique, rencontra dans un bal, à la cour, une jeune et jolie dame de la noblesse. Ils dansèrent ensemble. Il lui dit des choses galantes. Elle rougit. Il s'excusa.

« Ils recommencèrent à danser. Elle le trouvait un peu raide, mais charmant sous ses manières guindées, qui lui donnaient beaucoup de distinction. Ils se marièrent dès le lendemain. Ils reçurent des cadeaux somptueux et partirent en voyage de noces... Ça va comme ça ?

– C'est pas terrible, dit Marie, mais ça peut aller. En tout cas, les passés simples sont corrects.

– Alors, je continue. La jeune mariée, qui s'appelait Blanche, pour compenser, parce qu'elle avait des cheveux très noirs, la jeune mariée, disais-je, était naïve, et elle n'aperçut pas tout de suite le caractère cybernétique de son conjoint. Cependant, elle voyait bien qu'il faisait toujours les mêmes gestes et qu'il disait toujours les mêmes choses. Tiens, pensait-elle, voilà un homme qui a de la suite dans les idées :

« Mais, un beau matin, levée plus tôt que de coutume, elle le vit qui huilait le mécanisme de ses articulations coxo-fémorales, dans la salle de bains, avec la burette de la machine à coudre. Comme elle était bien élevée, elle ne fit aucune remarque. À partir de ce jour, pourtant, le doute envahit son cœur.

« De menus détails inexpliqués lui revinrent alors à l'esprit : des grincements nocturnes, par exemple, qui ne pouvaient pas vraiment provenir du sommier, tandis que son époux l'embrassait dans le secret de leur alcôve ; ou bien le curieux tic-tac de réveil-matin qui emplissait l'espace autour de lui.

« Blanche avait aussi découvert que ses yeux

gris, assez inexpressifs, émettaient parfois des clignotements, à droite ou à gauche, comme une automobile qui va changer de direction. D'autres signes encore, d'ordre mécanique, finirent par l'inquiéter tout à fait.

« Enfin, elle acquit la certitude d'anomalies plus troublantes encore, et véritablement diaboliques : son mari n'oubliait jamais rien ! Sa stupéfiante mémoire, concernant les moindres événements quotidiens, ainsi que l'inexplicable rapidité des calculs mentaux qu'il effectuait chaque fin de mois, quand ils faisaient ensemble les comptes du ménage, donnèrent à Blanche une idée perfide. Elle voulut en savoir davantage et conçut alors un plan machiavélique... »

Les enfants, cependant, ont l'un et l'autre vidé leur assiette. Et moi, je bous sur place, tant je suis impatient de quitter ce bistrot, pour savoir enfin où nous allons ensuite. Je hâte donc ma conclusion :

« Malheureusement, dis-je, la Dix-Septième Croisade éclata, juste à ce moment, et le robot fut mobilisé dans l'infanterie coloniale, au troisième régiment cuirassé. Il s'embarqua au port de Marseille et alla faire la guerre, au Moyen-Orient, contre les Palestiniens.

« Comme tous les chevaliers portaient des armures articulées en acier inoxydable, les particularités physiques du robot passèrent désormais inaperçues. Et il ne revint jamais dans la douce France, car il mourut bêtement, un soir d'été, sans attirer l'attention, sous les murs de Jérusalem. La flèche empoisonnée d'un Infidèle avait ouvert une brèche dans son haubert et causé un court-circuit à l'intérieur de son cerveau électronique. »

Marie fait la moue.

« La fin est idiote, dit-elle. Tu as eu quelques bonnes idées, mais tu n'as pas su les exploiter intelligemment. Et, surtout, tu n'es parvenu, à aucun moment, à rendre tes personnages vivants et sympathiques. Quand le héros meurt, à la fin, les auditeurs ne sont pas émus du tout.

– Quand le héros mourut, tu ne fus pas émue ? », plaisanté-je.

Cette fois, j'ai en tout cas obtenu un joli sourire amusé de mon trop exigeant professeur de narration. Elle me répond sur le même ton parodique :

« J'eus quand même un certain plaisir à vous écouter, cher ami, lorsque vous nous racontâtes ce bal, où ils firent connaissance et fleuretèrent. Quand nous eûmes fini notre dîner, Jean et moi, nous le regrettâmes, car vous abrégeâtes alors votre récit : nous sentîmes aussitôt votre soudaine hâte... » Puis, changeant de ton : « Plus tard, je veux faire des études pour devenir héroïne de roman. C'est un bon métier, et cela permet de vivre au passé simple. Tu ne trouves pas que c'est plus joli ?

– J'ai encore faim, dit à ce moment son frère. Maintenant, je veux une pizza. »

C'est une plaisanterie, probablement, car ils rient tous les deux. Mais je ne comprends pas pourquoi. Cela doit faire partie de leur folklore privé. Il y a ensuite un très long silence qui me paraît comme un trou dans le temps, ou comme un espace blanc entre deux chapitres. Je conclus que du nouveau va sans doute se produire. J'attends.

Mes jeunes compagnons paraissent attendre, eux aussi. Marie prend son couteau et sa fourchette, elle s'amuse un instant à les faire tenir en équilibre, l'un contre l'autre, en joignant les extrémités ; puis elle les dispose en croix au milieu de la table. Elle met un tel sérieux dans ces exercices anodins, une telle précision calculée, qu'ils acquièrent à mes yeux une valeur de signes cabalistiques.

Je ne connais malheureusement pas la façon d'interpréter ces figures. Et peut-être n'ont-elles pas véritablement de signification. Marie, comme tous les enfants et les poètes, se plaît à jouer avec le sens et le non-sens. Sa construction achevée, elle sourit, pour elle-même, Jean boit le fond de son verre. Ils se taisent tous les deux. Qu'attendent-ils ainsi ?

C'est le gamin qui rompt le silence :

« Non, dit-il, ne craignez rien. La pizza, c'était pour vous faire enrager. D'ailleurs, cela fait plusieurs mois qu'on ne vend plus, dans ce café, que des croque-monsieur et des sandouiches ! Vous vous demandiez ce que nous attendions ici, n'est-ce pas ? L'heure de se mettre en route n'était pas venue, tout simplement. À présent, nous allons partir. »

De même que sa sœur, ce garçon s'exprime presque comme un adulte. Lui, de plus, me vouvoie. Il n'a pas prononcé autant de paroles depuis que je l'ai aperçu pour la première fois, il y a plus d'une heure. Mais, maintenant, j'ai compris pourquoi il se taisait aussi obstinément.

Sa voix est, en effet, en pleine mue ; et il craint le ridicule des intonations cassées, qui se produisent à l'improviste au milieu de ses phrases. Cela explique aussi, peut-être, pourquoi sa sœur et lui riaient : le mot « pizza » doit comporter des sonorités particulièrement redoutables pour ses cordes vocales.

Marie me fournit alors, enfin, la suite de notre programme : elle-même est obligée de rentrer à la maison (quelle maison ?) pour faire ses devoirs (des devoirs de mensonge ?), tandis que son frère va me conduire à une réunion secrète, où je vais recevoir des instructions précises. Mais je dois, pour ma part, ignorer l'emplacement de ce rendez-vous. On va donc me déguiser en aveugle, avec des lunettes noires à verres totalement opaques.

Les précautions et les mystères, entretenus autour de ses activités par cette organisation clandestine, deviennent de plus en plus extravagants. Mais je suis convaincu qu'il y a là une grande part de jeu, et, de toute façon, j'ai décidé de poursuivre l'expérience jusqu'au bout. Il est facile de deviner pourquoi.

Je feins donc de juger toute naturelle l'apparition, quasi miraculeuse, des objets nécessaires à mon déguisement : les lunettes annoncées, ainsi qu'une canne blanche. Jean est allé tranquillement les prendre dans un coin de la salle de café, où ils attendaient, tout près de l'endroit où nous mangions.

Les deux enfants avaient évidemment choisi cette table, peu commode et mal éclairée, à cause de sa proximité immédiate de leur cachette. Mais qui a mis là ces accessoires ? Jean, ou Marie, ou bien l'étudiante à la veste rouge ?

Celle-ci avait dû me suivre depuis mon départ de l'atelier aux mannequins, où Djinn m'a engagé à son service. Elle pouvait avoir emporté déjà la canne et les lunettes. Elle m'a suivi jusqu'à cette brasserie, où elle est entrée quelques secondes après moi. Elle a pu déposer aussitôt les objets en question, dans ce coin, avant de s'asseoir à une table proche de la mienne.

Pourtant, je m'étonne de n'avoir rien remarqué de ces allées et venues. Quand j'ai découvert sa présence, l'étudiante était déjà assise et lisait calmement son gros livre d'anatomie. Mais je me complaisais, à ce moment-là, dans des imaginations amoureuses, euphoriques et vagues, qui nuisaient probablement à mon sens des réalités.

Une autre question me rend encore plus perplexe. C'est moi qui ai voulu prendre un café dans cette brasserie-là, la fausse étudiante n'a fait que me suivre. Or, je pouvais, aussi bien, choisir un autre établissement sur l'avenue (ou même ne pas boire de café). Comment, dans ces conditions, les enfants ont-ils été prévenus, par leur complice, de l'endroit où ils allaient trouver la canne et les lunettes ?

D'autre part, Marie parlait au serveur, en arrivant, comme si elle le connaissait très bien. Et Jean savait quels mets étaient disponibles, parmi ceux qui sont offerts, plus ou moins fallacieusement, par l'affiche suspendue au-dessus du bar. Enfin, ils ont prétendu que leur mère devait venir bientôt, pour régler l'addition de notre repas ; alors qu'il suffisait de me laisser payer moi-même cette modeste somme. Le garçon de café n'a émis aucune objection. Il a visiblement confiance dans ces enfants, qui se conduisent tout à fait comme des habitués.

Tout se passe donc comme si j'étais entré, par hasard, justement dans la brasserie qui leur sert de cantine et de quartier général. C'est assez invraisemblable. Cependant, l'autre explication possible paraît encore plus étrange : ce n'était pas « par hasard » ; j'ai au contraire été conduit vers ce bistrot, à mon insu, par l'organisation elle-même, pour rencontrer l'étudiante qui m'attendait là.

Mais, dans ce cas, comment ai-je été « conduit » ? De quelle manière ? Au moyen de quelle mystérieuse méthode ? Plus je réfléchis à tout cela, moins les choses s'éclaircissent, et plus je conclus à la présence ici d'une énigme... Si je résolvais d'abord le problème de la liaison entre les enfants et l'étudiante en médecine... Hélas, je ne résous rien du tout.

Tandis que je remuais ces pensées dans ma tête, Jean et sa sœur mettaient en place les lunettes noires sur mes yeux. Les bords caoutchoutés de la monture, de forme engainante, s'adaptaient parfaitement à mon front, à mes tempes, à mes pommettes. J'ai aussitôt constaté que je ne pouvais rien voir par les côtés, ni vers le bas, et que je ne distinguais rien non plus à travers les verres, qui sont réellement opaques.

Et maintenant, nous marchons sur le trottoir de l'avenue, côte à côte, le gamin et moi. Nous nous tenons par la main. De ma main libre, la droite, je tends la canne blanche en avant, sa pointe balayant l'espace devant mes pas, à la recherche d'éventuels obstacles. Au bout de quelques minutes, je me sers de cet accessoire avec un parfait naturel.

Je médite, tout en me laissant guider ainsi en aveugle, à cette curieuse dégradation progressive de ma liberté depuis que j'ai pénétré, à six heures et demie du soir, dans le hangar aux mannequins, encombré de marchandises au rebut et de machines hors d'usage, où « Monsieur Jean » m'avait convoqué.

Là, non seulement j'ai accepté d'obéir aux ordres d'une fille de mon âge (ou même plus jeune que moi), mais encore je l'ai fait sous la menace offensante d'un revolver (au moins hypothétique), qui détruisait toute impression d'un choix volontaire. De plus, j'ai admis, sans un mot de protestation, de rester dans une ignorance totale de ma mission exacte et des buts poursuivis par l'organisation. Je n'ai nullement souffert de tout cela ; je me suis, au contraire, senti heureux et léger.

Ensuite une étudiante peu aimable, dans un café, m'a contraint par ses airs d'inspectrice, ou de maîtresse d'école, à prendre un chemin qui ne me paraissait pas le meilleur. Cela m'a conduit à soigner un prétendu blessé qui gisait à terre sans connaissance, mais qui en fait se jouait de moi.

Quand je l'ai appris, je ne me suis pas plaint de ce procédé déloyal. Et je me suis vu bientôt, cette fois, obéissant à une gamine de dix ans à peine, menteuse et mythomane de surcroît. En dernier lieu, j'ai fini par accepter de perdre aussi l'usage de mes yeux, après avoir perdu successivement celui de mon libre arbitre et celui de mon intelligence.

Si bien que j'agis désormais sans rien comprendre à ce que je fais ni à ce qui m'arrive, sans même savoir où je me rends, sous la conduite de cet enfant peu bavard, qui est peut-être épileptique. Et je ne cherche nullement à enfreindre la consigne en trichant un peu avec les lunettes noires. Il suffit sans doute de faire glisser légèrement la monture, sous prétexte de me gratter le sourcil, de manière à créer un interstice entre le bord en caoutchouc et le côté du nez...

Mais je n'entreprends rien de tel. J'ai bien voulu être un agent irresponsable. Je n'ai pas craint de me laisser bander les yeux. Bientôt, si cela plaît à Djinn, je vais devenir moi-même une sorte de robot rudimentaire. Je me vois déjà dans une chaise de paralytique, aveugle, muet, sourd, ... que sais-je encore ?

J'ai souri pour moi-même à cette évocation.

« Pourquoi riez-vous ? », demande Jean.

Je réponds que ma situation présente me paraît plutôt comique. Le garçon reprend alors, en citation, une phrase que j'ai déjà entendue dans la bouche de sa sœur, lorsque nous étions au café :

« L'amour, dit-il, ça fait faire de grandes choses. »

J'ai cru d'abord qu'il se moquait de moi ; et j'ai répondu, avec un certain agacement, que je ne voyais pas le rapport. Mais, à la réflexion, cette remarque du gamin m'apparaît surtout inexplicable. Comment connaît-il cet espoir amoureux (quasi absurde et, en tout cas, secret) que je me suis à peine avoué à moi-même ?

« Si, reprend-il de sa voix qui hésite sans cesse entre le grave et l'aigu, il y a un rapport évident : l'amour est aveugle, c'est connu. Et, de toute manière, vous ne devez pas rire : être aveugle, c'est triste. »

Je vais lui demander s'il conclut donc que l'amour est triste (ce qui ressort, en un parfait syllogisme, de ses deux propositions concernant la qualité d'aveugle), quand un événement se produit qui met fin à notre conversation.

Nous étions arrêtés, depuis quelques instants, au bord d'un trottoir (j'avais perçu l'arête de pierre avec le bout ferré de ma canne) et j'avais cru que nous attendions le signal lumineux donnant aux piétons l'autorisation de traverser. (Il n'existe pas, chez nous, de signal musical pour les aveugles, comme c'est le cas dans beaucoup de villes du Japon.) Mais je m'étais mépris. Cet endroit devait être une station de taxis, où Jean a attendu l'arrivée d'une voiture libre.

Il me fait en effet monter dans une automobile, d'assez grosse taille, semble-t-il, d'après la commodité de la portière que je franchis à tâtons. (J'ai abandonné ma canne à mon guide.) Je m'installe sur ce qui doit être la banquette arrière, large et confortable.

Pendant que je m'asseyais, Jean a claqué la porte et a dû faire le tour du véhicule, afin de monter lui-même par la portière gauche : j'entends qu'on l'ouvre, que quelqu'un s'introduit à l'intérieur et s'assied à côté de moi. Et ce quelqu'un est bien le gamin, car sa voix aux déchirures inimitables dit, à l'adresse du chauffeur :

« Nous allons là, s'il vous plaît. »

Je perçois en même temps un léger bruit de papier. Au lieu d'annoncer oralement à quel endroit nous désirons nous rendre, Jean a tendu vraisemblablement au chauffeur un morceau de papier où l'adresse avait été écrite (par qui ?). Ce subterfuge permet de me laisser dans l'ignorance de notre destination. Comme c'est un enfant qui l'utilise, le procédé ne peut étonner le chauffeur.

Et si ce n'était pas un taxi ?

CHAPITRE 5

Pendant que la voiture roulait, j'ai de nouveau pensé à l'absurdité de ma situation. Mais je n'ai pas réussi à prendre la décision d'y mettre fin. Cette obstination me surprenait moi-même. Je me la reprochais, tout en m'y complaisant. L'intérêt que je porte à Djinn ne pouvait pas en être la seule cause. Il y avait aussi, certainement, la curiosité. Quoi d'autre encore ?

Je me sentais entraîné dans un enchaînement d'épisodes et de rencontres, où le hasard ne jouait sans doute aucun rôle. C'était moi seulement qui n'en saisissais pas la causalité profonde. Ces mystères successifs m'ont fait penser à une sorte de course au trésor : on y progresse d'énigme en énigme, et l'on n'en découvre la solution que tout à la fin. Et le trésor, c'était Djinn !

Je me suis posé des questions, également, sur le genre de travail que l'organisation attendait de moi. Craignait-on de m'en parler ouvertement ? Était-ce une besogne si peu avouable ? Que signifiaient ces longs préliminaires ? Et pourquoi m'y laissait-on si peu d'initiative ?

Cette absence totale d'information, je l'espérais quand même provisoire : peut-être devais-je d'abord passer par cette première phase, où l'on me mettait à l'épreuve. La course au trésor devenait ainsi, dans mon esprit romanesque, comme un voyage initiatique.

Quant à ma récente transformation en ce personnage classique d'aveugle guidé par un enfant, elle représentait sans aucun doute une façon d'éveiller la compassion des gens, et par conséquent d'endormir leur méfiance. Mais, pour passer inaperçu dans la foule, comme on me l'avait formellement recommandé, cela me paraissait un moyen très discutable.

En outre, un sujet précis d'inquiétude revenait sans cesse dans mes préoccupations : où allions-nous en ce moment ? Quelles rues, quels boulevards suivions-nous ? Vers quelles banlieues roulions-nous ainsi ? Vers quelle révélation ? Ou bien, vers quel nouveau secret ? Le trajet pour y parvenir allait-il être long ?

Ce dernier point surtout – la durée du parcours en voiture – me tracassait, sans raison précise. Peut-être Jean était-il autorisé à me le dire ? À tout hasard, je le lui ai demandé. Mais il m'a répondu qu'il n'en savait rien lui-même, ce qui m'a paru encore plus étrange (dans la mesure, du moins, où je l'ai cru).

Le chauffeur, qui entendait tout ce que nous disions, est alors intervenu pour me rassurer :

« Ne vous en faites pas. On va y être bientôt. »

Mais j'ai perçu au contraire dans ces deux phrases, je ne sais pourquoi, une vague menace. De toute manière, ça ne voulait pas dire grand-chose. J'ai écouté les bruits de la rue, autour de nous, mais ils ne fournissaient aucun indice sur les quartiers que nous traversions. Peut-être la circulation y était-elle cependant moins animée.

Ensuite, Jean m'a offert des bonbons à la menthe. Je lui ai répondu que j'en voulais bien un. Mais c'était plutôt par politesse. Alors il m'a touché le bras gauche, en disant :

« Tenez. Donnez-moi votre main. »

Je la lui ai tendue, paume ouverte. Il y a déposé une pastille à moitié fondue, un peu collante, comme en ont tous les enfants dans leurs poches. Je n'en avais vraiment plus aucune envie, mais je n'osais pas l'avouer au donateur : une fois la pastille acceptée, il devenait impossible de la lui rendre.

Je l'ai donc introduite dans ma bouche, tout à fait à contrecœur. Je lui ai tout de suite trouvé un goût bizarre, fade et amer à la fois. J'ai eu très envie de la recracher. Je m'en suis abstenu, toujours pour ne pas vexer le gamin. Car, ne le voyant pas, je ne savais jamais s'il n'était pas justement en train de m'observer.

Je découvrais là une conséquence paradoxale de la cécité : un aveugle ne peut plus rien faire en cachette ! Les malheureux qui ne voient pas craignent continuellement d'être vus. Pour échapper à cette sensation désagréable, dans un réflexe assez illogique, j'ai fermé les yeux derrière mes lunettes noires.

.....

J'ai dormi, j'en suis convaincu ; ou, du moins, ai-je sommeillé. Mais j'ignore pendant combien de temps.

« Réveillez-vous, a dit la voix du gamin, nous descendons ici. »

Et il me secouait un peu, en même temps. Je soupçonne à présent cette pastille de menthe, à la saveur suspecte, d'être un bonbon narcotique ; car je n'ai guère l'habitude de m'endormir ainsi en voiture. Mon ami Jean m'a drogué, c'est plus que probable, comme il avait dû en recevoir l'ordre. De cette manière, je ne connais même pas la durée du parcours que nous venons d'accomplir.

La voiture est arrêtée. Et mon jeune guide a déjà payé le prix de la course (si, toutefois, il s'agit vraiment d'un taxi, ce qui me semble de moins en moins sûr). Je ne perçois plus aucune présence à la place du chauffeur. Et j'éprouve le sentiment confus de ne plus me trouver dans la même automobile.

J'ai beaucoup de mal à reprendre mes esprits. L'obscurité où je suis encore plongé rend plus pénible mon réveil, et le laisse aussi plus incertain. J'ai l'impression que mon sommeil se prolonge, pendant que je suis en train de rêver que j'en sors. Et je ne possède plus la moindre idée de l'heure.

« Dépêchez-vous. Nous ne sommes pas en avance. »

Mon ange gardien s'impatiente et me le fait savoir sans ménagement, de sa drôle de voix qui déraille. Je m'extrais avec peine de la voiture, et je me mets debout tant bien que mal. Je me sens tout étourdi, comme si j'avais trop bu.

« Maintenant, dis-je, rends-moi ma canne. »

Le gamin me la met dans la main droite, et il saisit ensuite la gauche, pour m'entraîner avec vigueur.

« Ne va pas si vite. Tu vas me faire perdre l'équilibre.

– Nous allons être en retard, si vous traînez.

– Où allons-nous à présent ?

– Ne me le demandez pas. Je n'ai pas le droit de vous le dire. Et d'ailleurs, ça n'a pas de nom. »

L'endroit est, en tout cas, bien silencieux. Il me semble qu'il n'y a plus personne autour de nous. Je n'entends ni paroles ni bruits de pas. Nous marchons sur du gravier. Puis le sol change. Nous franchissons un seuil et nous pénétrons dans un bâtiment.

Là, nous accomplissons un parcours assez compliqué, que le gamin a l'air de connaître par cœur, car il n'hésite jamais aux changements de direction. Un plancher de bois a succédé aux dallages du début.

Ou bien, il y a quelqu'un d'autre, maintenant, qui nous accompagne, ou plutôt qui nous précède, afin de nous montrer le chemin. En effet, si je m'arrête un instant, mon jeune guide, qui me tient par la main, s'arrête aussi, et je crois alors distinguer, un peu plus en avant, un troisième pas qui continue encore pendant quelques secondes. Mais c'est difficile de l'affirmer.

« Ne vous arrêtez pas », dit le gamin.

Et quelques mètres plus loin :

« Faites attention, nous arrivons à des marches. Prenez la rampe de la main droite. Si votre canne vous gêne, donnez-la moi. »

Non, instinctivement, je préfère ne pas la lui abandonner. Je pressens comme un danger qui s'approche. Je saisis donc, de la même main, la rampe en fer et la poignée recourbée de la canne. Je me tiens prêt à toute éventualité. Si quelque chose de trop inquiétant survient, je m'apprête à arracher brusquement mes lunettes noires avec la main gauche (que le gamin tient assez mollement dans la sienne) et à brandir, avec la droite, ma canne ferrée en guise d'arme défensive.

Mais aucun événement alarmant ne se produit. Après avoir gravi un étage, par un escalier très raide, nous arrivons rapidement à une salle où se tient, paraît-il, une réunion. Jean m'en a averti avant d'entrer, ajoutant à mi-voix :

« Ne faites pas de bruit. Nous sommes les derniers. Ne nous faisons pas remarquer. »

Il a ouvert doucement la porte et je le suis, toujours tenu par la main, comme un petit enfant. Il y a beaucoup de monde dans la pièce : je m'en rends compte aussitôt d'après les très légers – mais nombreux – bruits divers, de respirations, de toux retenues, de froissements d'étoffes, de menus chocs ou glissements furtifs, de semelles râclant imperceptiblement le plancher, etc.

Pourtant, tous ces gens se tiennent immobiles, j'en suis convaincu. Mais ils sont sans doute restés debout, et ils remuent un peu sur place, c'est forcé. Comme on ne m'a pas indiqué sur quoi m'asseoir, je ne le fais pas, moi non plus. Autour de nous, personne ne dit rien.

Et soudain, dans ce silence peuplé de multiples présences attentives, la surprise tant attendue arrive enfin. Djinn est là, dans la salle, sa jolie voix s'élève à quelques mètres de moi. Et je me sens, d'un seul coup, récompensé de toute ma patience.

« Je vous ai réunis, dit-elle, afin de vous fournir quelques explications, désormais nécessaires... »

Je l'imagine sur une estrade, debout aussi, et face à son public. Y a-t-il une table devant elle, comme dans une salle de classe ? Et comment Djinn est-elle habillée ? A-t-elle toujours son imperméable et son chapeau de feutre ? Ou bien les a-t-elle ôtés pour cette réunion ? Et ses lunettes noires, les a-t-elle gardées ?

Pour la première fois, je brûle d'envie d'enlever les miennes. Mais personne ne m'y a encore autorisé ; et ce n'est en somme pas du tout le moment, avec tous ces voisins qui peuvent me voir. Sans compter Djinn elle-même... Je dois donc me contenter de ce qui m'est offert : la délicieuse voix au léger accent américain.

« ... organisation clandestine internationale ... cloisonnement des tâches ... grande œuvre humanitaire... »

Quelle grande œuvre humanitaire ? De quoi parle-t-elle ? Tout à coup, je prends conscience de ma frivolité : je n'écoute même pas ce qu'elle dit ! Charmé par ses intonations exotiques, tout occupé à imaginer le visage et la bouche d'où celles-ci proviennent (est-ce qu'elle sourit ? Ou bien prend-elle son faux air dur pour chef de gang ?), j'ai omis l'essentiel : m'intéresser à l'information contenue dans ses paroles ; je les savoure au lieu d'en enregistrer le sens. Alors que je me prétendais si impatient d'en apprendre davantage sur mon futur travail !

Et voilà que Djinn, à présent, s'est tue. Que vient-elle de dire au juste ? J'essaie en vain de me le rappeler. J'ai vaguement l'idée que c'étaient seulement des phrases d'accueil, de bienvenue dans l'organisation, et que le plus important reste encore à venir. Mais pourquoi se tait-elle ? Et que font les autres auditeurs, pendant ce temps ? Personne ne bouge, autour de moi, ni ne manifeste d'étonnement.

Je ne sais pas si c'est l'émotion, mais des picotements importuns m'agacent l'œil droit. D'énergiques contractions de la paupière ne parviennent pas à m'en débarrasser. Je cherche un moyen de me gratter discrètement. Ma main gauche est demeurée dans celle du gamin, qui ne me lâche pas, et la droite est encombrée par la canne. Cependant, n'y tenant plus, je tente avec cette main droite de me frotter au moins les alentours de l'œil.

Gêné par la poignée recourbée de la canne, je fais un geste maladroit, et l'épaisse monture des lunettes glisse vers le haut, sur l'arcade sourcilière. En fait, les verres se sont à peine déplacés, mais l'intervalle créé entre la peau et le bord en caoutchouc est pourtant suffisant pour me laisser apercevoir ce qui se trouve juste sur ma droite...

J'en reste stupéfait. Je n'avais guère supposé cela... Je bouge lentement la tête, afin de balayer un champ plus large au moyen de mon étroite fente de vision. Ce que je vois, de tous les côtés, ne fait que confirmer ma première stupeur : j'ai l'impression de me trouver devant ma propre image, multipliée par vingt ou trente.

La salle entière est en effet pleine d'aveugles, de faux aveugles aussi, probablement : des jeunes hommes de mon âge, vêtus de façons diverses (mais, somme toute, assez proches de la mienne), avec les mêmes grosses lunettes noires sur les yeux, la même canne blanche dans la main droite, un gamin tout pareil au mien les tenant par la main gauche.

Ils sont tous tournés dans le même sens, vers l'estrade. Chaque couple – un aveugle et son guide – est isolé de ses voisins par un espace libre, toujours à peu près le même, comme si l'on avait pris soin de ranger, sur des cases bien délimitées, une série de statuettes identiques.

Et, brusquement, un stupide sentiment de jalousie me serre le cœur : ce n'est donc pas à moi que Djinn s'adressait ! Je savais bien qu'il s'agissait d'une réunion nombreuse. Mais c'est tout autre chose de constater, de mes propres yeux, que Djinn a déjà recruté deux ou trois douzaines de garçons, peu différents de moi et traités exactement de la même manière. Je ne suis rien de plus, pour elle, que le moins remarquable d'entre eux.

Mais, juste à ce moment, Djinn recommence à parler. Très bizarrement, elle reprend son discours au beau milieu d'une phrase, sans répéter les mots qui précèdent pour conserver la cohérence du propos. Et elle ne dit rien pour justifier cette interruption ; son ton est exactement le même que s'il n'y en avait pas eu.

« ... vont vous permettre de ne pas éveiller les soupçons... »

Ayant abandonné toute prudence (et toute

obéissance à des consignes que tout à coup je ne supporte plus), je réussis à tourner la tête suffisamment, en me tordant le cou et en levant le menton, pour avoir le centre de l'estrade dans mon champ visuel...

Je ne comprends pas tout de suite ce qui se passe... Mais bientôt je dois me rendre à l'évidence : il y a bien une table de conférencier, mais personne derrière ! Djinn n'est pas là du tout, ni nulle part ailleurs dans la salle.

C'est un simple haut-parleur qui diffuse son allocution, enregistrée je ne sais où ni quand. L'appareil est posé sur la table, parfaitement visible, presque indécent. Probablement s'était-il arrêté, à la suite d'un quelconque incident technique : un ouvrier est en train de vérifier des fils, qu'il doit venir de rebrancher...

Tout le charme de cette voix fraîche et sensuelle a disparu d'un seul coup. Sans doute la suite de l'enregistrement est-il toujours d'aussi bonne qualité ; les paroles poursuivent leur légère chanson d'outre-Atlantique ; le magnétophone en reproduit fidèlement les sonorités, la mélodie, et jusqu'aux moindres inflexions...

Mais, maintenant que l'illusion de la présence physique s'est évanouie, j'ai perdu tout contact sensible avec cette musique, si douce à mes oreilles une minute auparavant. Ma découverte de la supercherie a rompu l'effet magique du discours, qui est aussitôt devenu terne et froid : la bande magnétique me le récite à présent avec la neutralité anonyme d'une annonce dans un aéroport. Si bien que, désormais, je n'ai plus aucun mal à en écouter les phrases, ni à y découvrir du sens.

La voix sans visage est en train de nous expliquer notre rôle et nos futures fonctions. Mais elle ne nous les dévoile pas entièrement, elle nous en donne seulement les grandes lignes. Elle s'étend plus sur les buts poursuivis que sur les méthodes : c'est par souci d'efficacité qu'elle préfère, dit-elle à nouveau, ne nous en révéler, pour le moment, que le strict nécessaire.

Je n'ai pas bien suivi, ai-je dit, le début de son exposé. Mais il me semble cependant en avoir perçu l'essentiel : ce que j'entends maintenant me le laisse en tout cas supposer, car je n'y vois pas d'obscurités notables (sinon celles qu'y a volontairement ménagées la conférencière).

Nous avons donc, nous apprend-elle, été enrôlés, mes voisins et moi, dans une entreprise internationale de lutte contre le machinisme. La petite annonce du journal, qui m'a conduit (après un bref échange de lettres avec une boîte postale) à rencontrer Djinn dans l'atelier abandonné, me l'avait déjà fait supposer. Mais je n'avais pas mesuré exactement les conséquences de la formule employée : « pour une vie plus libre et débarrassée de l'impérialisme des machines ».

En fait, l'idéologie de l'organisation est

assez simple, simpliste même en apparen
« Il est temps de nous libérer des machines, car ce sont elles qui nous oppriment, et rien d'autre. Les hommes croient que les machines travaillent pour eux. Alors que ce sont eux, désormais, qui travaillent pour elles. De plus en plus, les machines nous commandent, et nous leur obéissons.

« Le machinisme, tout d'abord, est responsable de la division du travail en menus fragments dépourvus de tout sens. La machine-outil nécessite l'accomplissement par chaque travailleur d'un geste unique, qu'il doit répéter du matin au soir, durant toute sa vie. Le morcellement est donc évident pour les travaux manuels. Mais il devient aussi la règle dans n'importe quelle autre branche de l'activité humaine.

« Ainsi, dans tous les cas, le résultat lointain de notre travail (objet manufacturé, service, ou étude intellectuelle) nous échappe entièrement. Le travailleur n'en connaît jamais ni la forme d'ensemble ni l'usage final, sauf d'une façon théorique et purement abstraite. Aucune responsabilité ne lui en incombe, aucune fierté ne lui en revient. Il n'est qu'un infime maillon de l'immense chaîne d'usinage, apportant seulement une modification de détail sur une pièce détachée, sur un rouage isolé, qui n'ont aucune signification par eux-mêmes.

« Personne, dans aucun domaine, ne produit plus rien de complet. Et la conscience de l'homme elle-même est en miettes. Mais dites-le vous bien : c'est notre aliénation par la machine qui a suscité le capitalisme et la bureaucratie soviétique, et non pas l'inverse. C'est l'atomisation de tout l'univers qui a engendré la bombe atomique.

« Pourtant, au début de ce siècle, la classe dirigeante, seule épargnée, conservait encore les pouvoirs de décision. Dorénavant, la machine qui pense – c'est-à-dire l'ordinateur – nous les a enlevés aussi. Nous ne sommes plus que des esclaves, travaillant à notre propre destruction, au service – et pour la plus grande gloire – du dieu tout-puissant de la mécanique. »

Sur les moyens à employer pour en faire prendre conscience à la masse des gens, Djinn est plus discrète et moins explicite. Elle parle de « terrorisme pacifique » et d'actions « théâtrales » organisées par nous au milieu de la foule, dans le métro, sur les places publiques, dans les bureaux et dans les usines...

Cependant, quelque chose me choque dans ces belles paroles ; c'est le sort qui nous est fait, à nous, les agents d'exécution du programme : notre rôle se trouve en totale contradiction avec les buts qu'il propose. Jusqu'à présent du moins, on ne nous l'a guère appliqué, ce programme. On nous a au contraire manipulés sans aucun égard pour notre libre arbitre. Et maintenant encore, on nous avoue que seule une connaissance partielle de l'ensemble nous est permise. On veut éduquer les consciences, mais on commence par nous empêcher de voir. Enfin, pour couronner le tout, c'est une machine qui nous parle, qui nous persuade, qui nous dirige...

De nouveau, la méfiance m'a envahi. Je sens comme un danger inconnu, obscur, qui plane sur cette réunion truquée. Cette salle remplie de faux aveugles est un piège, où je me suis laissé prendre... Par l'étroite fente, que j'ai entretenue avec soin sous le bord droit de mes grosses lunettes, je jette un coup d'œil à mon voisin le plus proche, un grand garçon blond qui porte un blouson de cuir blanc, assez chic, ouvert sur un pull-over bleu vif...

Il a lui aussi (comme je m'en étais douté tout à l'heure déjà) fait glisser de quelques millimètres l'appareil ajusté qui l'aveuglait, afin d'apercevoir les alentours, sur sa gauche ; si bien que nos deux regards de côté se sont croisés, j'en suis certain. Une petite crispation de sa bouche me fait, d'ailleurs, un signe de connivence. Je le lui renvoie, sous la forme du même rictus, qui peut passer pour un sourire à son adresse.

Le gamin qui l'accompagne, et qui lui tient la main gauche, n'a rien remarqué de notre manège, me semble-t-il. Le petit Jean non plus, certainement, car il est situé, lui, nettement à l'extérieur de ce modeste échange.

Pendant ce temps, la harangue se poursuit, nous interpellant avec vigueur :

« La machine vous surveille ; ne la craignez plus ! La machine vous donne des ordres ; ne lui obéissez plus ! La machine réclame tout votre temps ; ne le lui donnez plus ! La machine se croit supérieure aux hommes ; ne la leur préférez plus ! »

Je vois alors que le personnage au blouson blanc, qui a gardé lui aussi sa canne d'aveugle dans la main droite, fait passer discrètement celle-ci derrière son dos, vers sa gauche, de manière à en approcher de moi l'extrémité pointue. Avec ce bout ferré, il dessine sans bruit des signes compliqués sur le sol.

Certainement, ce confrère, aussi indocile que moi, essaie de me communiquer quelque chose. Mais je n'arrive pas à comprendre ce qu'il veut me dire. Il répète plusieurs fois, à mon intention, la même série de courtes barres et de courbes entrecroisées. Je m'obstine en vain dans mes tentatives de déchiffrement ; ma vision très partielle du plancher, exagérément en biais de surcroît, ne me les facilite pas, c'est certain.

« Nous avons découvert, continue la voix enregistrée, une solution simple pour sauver vos frères. Faites-la-leur connaître. Mettez-la-leur dans la tête sans les avertir, presque à leur insu. Et transformez-les eux-mêmes en nouveaux propagandistes... »

À ce moment, je devine tout à coup une

agitation soudaine derrière moi. Des bruits de pas précipités, tout proches, rompent le silence de la salle. Je ressens un choc violent, à la base du crâne, et une douleur très vive...

CHAPITRE 6

Simon Lecœur se réveilla, la bouche pâteuse comme s'il avait trop bu, au milieu des caisses empilées et des machines hors d'usage. Il reprit conscience peu à peu, avec la vague impression qu'il sortait d'un long cauchemar. Bientôt il reconnut le décor autour de lui. C'était l'atelier abandonné où il avait fait la connaissance de Djinn. Et, presque aussitôt, lui revint à l'esprit le point de départ de sa mission :

« Il faut, pensa-t-il, que j'aille à la gare du Nord. Il faut même que je me dépêche, car il est très important que je sois à l'heure pour l'arrivée du train d'Amsterdam. Si je n'accomplis pas correctement cette première tâche, je crains fort qu'on ne me fasse plus confiance par la suite, et qu'on ne me laisse pas aller plus loin... »

Mais Simon Lecœur sentait, de façon confuse, que toute cette histoire de gare, de train, de voyageur qu'il ne fallait pas manquer, était périmée, révolue : ce futur appartenait déjà au passé. Quelque chose brouillait l'espace et le temps. Et Simon ne réussissait même pas à y définir sa propre situation. Que lui était-il arrivé ? Et quand ? Et où ?

D'une part, il se trouvait maintenant allongé par terre, sans qu'il parvînt à en saisir la raison, dans la poussière et les débris divers qui jonchaient le sol de l'atelier, entre les matériaux et appareils au rebut. D'autre part, il faisait grand jour. Le soleil, déjà haut, d'une belle matinée de printemps, éclairait vivement, à l'extérieur, les carreaux poussiéreux de la verrière ; alors que, au contraire, la nuit tombait lorsque Djinn lui était apparue, dans ces mêmes locaux désaffectés, avec son imperméable et son chapeau d'homme...

Simon se souvint tout à coup d'une scène récente, qu'il revoyait avec une extrême précision : un garçon d'une dizaine d'années, mort sans doute vu sa parfaite immobilité, sa posture trop raide et son teint de cire, qui gisait sur un lit de fer au matelas nu, avec un grand crucifix posé sur la poitrine, sous la lumière vacillante des trois bougies d'un chandelier de cuivre...

Une autre image lui succéda, aussi nette et rapide : ce même garçon, toujours vêtu comme au siècle dernier, qui conduisait un aveugle en le tenant par la main gauche. L'invalide, de son autre main, serrait la poignée recourbée d'une canne blanche, qui lui servait à reconnaître le sol devant ses pas. De grosses lunettes noires lui cachaient à moitié le visage. Il portait un blouson de fin cuir blanc, à fermeture éclair, largement ouvert sur un chandail bleu vif...

Une pensée subite traversa l'esprit de Simon Lecœur. Il porta la main à sa poitrine. Il ne trouva pas sous ses doigts le crucifix d'ébène (bien qu'il fût lui-même allongé sur le dos dans la position exacte du gamin lors de la veillée mortuaire), mais il constata la présence du blouson en agneau et du pull-over de cachemire. Il se rappela les avoir en effet choisis pour son rendez-vous de ce soir, quoique ces vêtements bleus et blancs, à la fois élégants et négligés, ne lui eussent pas paru convenir parfaitement à sa recherche d'un emploi.

« Mais non, se dit-il, ça ne peut pas être le rendez-vous de ce soir. Ce soir n'est pas encore venu et le rendez-vous a déjà eu lieu. C'était donc hier soir, probablement... Quant à ces deux scènes où figure le même gamin, il faut que la seconde ait été antérieure, puisque, dans la première, l'enfant gît sur son lit de mort... Mais d'où viennent ces images ? »

Simon ne savait pas s'il fallait qu'il leur accordât le statut de souvenirs, comme à des événements de sa vie réelle ; ou bien s'il ne s'agissait pas plutôt de ces figures formées dans les rêves, qui défilent dans notre tête au moment du réveil, et généralement selon un ordre chronologique inversé.

De toute manière, il y avait un trou dans son emploi du temps. Il paraissait en effet difficile que Simon eût dormi plus de douze heures dans cet endroit inconfortable... à moins que des somnifères, ou des drogues plus dures, en fussent la cause...

Une nouvelle image, venue il ne savait d'où, surgit à l'improviste dans sa mémoire détraquée : une longue ruelle rectiligne, mal pavée, faiblement éclairée par de vieux réverbères, entre des palissades croulantes, des murs aveugles et des maisonnettes à demi en ruines... Et de nouveau le même gamin qui jaillissait d'une des maisons, faisait cinq ou six pas de course et s'étalait dans une flaque d'eau rougeâtre...

Simon Lecœur se mit péniblement debout. Il se sentait courbatu, mal à son aise, la tête lourde. « Il faut que je boive un café, pensa-t-il, et que je prenne un cachet d'aspirine. » Il se rappelait avoir rencontré, en venant par la grande avenue, toute proche, de nombreux cafés et brasseries. Simon donna quelques tapes, du plat de la main, sur l'étoffe blanche de son pantalon, froissé, informe et maculé de poussière noire ; mais il ne put, évidemment, lui rendre son aspect normal.

En se retournant pour partir, il vit que quelqu'un d'autre était couché sur le sol, à quelques mètres de lui, dans une posture identique. Le corps n'apparaissait pas dans son ensemble : une caisse de grande taille en masquait le haut du buste et la tête. Simon s'approcha, avec prudence. Il eut un sursaut en découvrant le visage : celui de Djinn, sans que le moindre doute fût possible.

La jeune fille était étendue en travers du passage, avec toujours son imperméable boutonné, ses lunettes de soleil et son chapeau de feutre mou, bizarrement demeuré en place quand elle s'était écroulée, touchée à mort dans le dos par quelque lame de couteau ou balle de revolver. Elle ne portait pas de blessure visible, mais une flaque de sang, coagulé déjà, avait pris naissance sous la poitrine et s'était répandue sur le ciment noirâtre, tout autour de l'épaule gauche.

De longues minutes s'écoulèrent avant que Simon se décidât à faire un geste. Il demeurait là, sans bouger, sans comprendre, et sans non plus qu'aucune inspiration lui vînt, sur ce qu'il devait faire. Enfin, il se baissa, surmontant son horreur, et voulut toucher la main du cadavre...

Non seulement celle-ci était raidie et froide, mais elle lui sembla beaucoup trop dure, trop rigide, pour qu'il fût possible de la croire faite en chair et en articulations humaines. Afin de dissiper ses derniers doutes, et bien qu'une inexplicable répulsion le retînt encore, il se contraignit à tâter aussi les membres, le buste, la peau des joues et les lèvres...

L'évidente artificialité de l'ensemble convainquit tout à fait Simon de sa méprise, qui reproduisait, en somme, à quelques heures d'intervalle, celle de son arrivée : il se trouvait de nouveau en présence du mannequin en carton-pâte. Cependant, la flaque rouge sombre n'était pas de la matière plastique : Simon en contrôla, du bout des doigts, le caractère légèrement humide et visqueux. On ne pouvait affirmer, néanmoins, que ce fût du véritable sang.

Tout cela paraissait absurde à Simon Lecœur ; pourtant il redoutait, obscurément, qu'il existât une signification précise à ces simulacres, bien que celle-ci lui échappât... Le mannequin assassiné gisait à l'endroit exact où se trouvait Djinn lors de leur brève entrevue de la veille ; quoique Simon se rappelât parfaitement l'avoir vu, cette fois-là, au rez-de-chaussée... À moins qu'il ne confondît à présent les deux scènes successives, celle avec Djinn et celle avec le mannequin.

Il décida de s'en aller au plus vite, de peur que d'autres énigmes ne vinssent encore compliquer le problème. Il en avait suffisamment, déjà, pour plusieurs heures de réflexion. Mais, de toute manière, plus il y réfléchissait, moins il en apercevait le fil conducteur.

Il descendit l'escalier. Au rez-de-chaussée, la copie conforme de Djinn était toujours à sa place, négligemment appuyée aux mêmes caisses, les deux mains dans les poches de son imperméable, un imperceptible sourire figé sur ses lèvres de cire. Il s'agissait donc, là-haut, d'un second mannequin, en tous points identique. Le mince sourire ironique, sur la bouche, ne ressemblait plus du tout à celui de Jane Frank. Simon éprouvait seulement l'impression désagréable qu'on se moquait de lui. Il haussa les épaules et se dirigea vers la porte vitrée donnant sur la cour.

... Avant même qu'il ne la franchît, le faux mannequin se redressa légèrement et son sourire s'accentua. La main droite sortit de la poche du trench-coat, remonta jusqu'au visage et ôta lentement les lunettes noires... Les jolis yeux vert pâle reparurent...

C'est Simon lui-même qui, tout en poursuivant son chemin, imaginait cette ultime mystification. Mais il ne prit pas la peine de se retourner, pour en détruire entièrement la faible vraisemblance, tant il conservait la certitude de n'avoir vu, cette fois, qu'une Américaine de musée Grévin. Il traversa la cour, passa le portail extérieur ; puis, tout au bout de la ruelle, il déboucha comme prévu sur la grande avenue grouillante de passants. Simon en ressentit un soulagement intense, comme s'il rentrait enfin dans le monde réel, après une absence interminable.

Il pouvait être près de midi, à en juger d'après la position du soleil. Comme Simon n'avait pas remonté sa montre-bracelet en temps voulu, la nuit dernière, celle-ci s'était bien entendu arrêtée ; il venait justement d'en faire la constatation. Ayant repris toute son assurance, il marchait à présent d'un pas vif. Mais il ne voyait aucun bistrot ou brasserie. Quoique, dans son souvenir, l'avenue en comportât de nombreux sur toute sa longueur, les cafés devaient en réalité commencer un peu plus loin. Il entra dans le premier qu'il aperçut.

Simon reconnut l'endroit aussitôt : c'était là qu'il avait déjà bu un café noir, en sortant pour la première fois de l'atelier abandonné. Mais beaucoup de clients s'y étaient installés, aujourd'hui, et Simon éprouva quelque difficulté à trouver une table libre. Il finit par en découvrir une, dans un angle obscur, et il s'y assit, face à la salle.

Le garçon taciturne de la veille, en veste blanche et pantalon noir, n'était pas de service aujourd'hui, à moins qu'il ne fût allé chercher quelque plat chaud à la cuisine. Une femme âgée, vêtue d'une blouse grise, le remplaçait. Elle se dirigea vers le nouvel arrivant pour prendre sa commande. Simon lui dit qu'il désirait seulement un café noir, très serré, avec un verre d'eau ordinaire.

Lorsqu'elle revint, portant sur un plateau la petite tasse blanche, une carafe et un grand verre, il lui demanda, de l'air le plus indifférent qu'il put, si le garçon n'était pas là aujourd'hui. Elle ne répondit pas tout de suite, comme si elle réfléchissait à la question ; puis elle dit, avec une sorte d'inquiétude dans la voix :

« De quel garçon parlez-vous ?

– L'homme à la veste blanche, qui sert ici, d'habitude.

– C'est toujours moi qui sers les clients,

dit-elle. Il n'y a personne d'autre, même aux heures d'affluence.

– Mais hier, pourtant, j'ai vu...

– Hier, vous n'avez rien pu voir : c'était le jour de fermeture. »

Et elle s'éloigna, pressée par le service. Son ton n'était pas franchement désagréable, mais plein de lassitude, et même de tristesse. Simon observa les alentours. Confondait-il cet établissement avec un autre, de disposition semblable ?

Mis à part cette présence de nombreux consommateurs, ouvriers et petits employés des deux sexes, la ressemblance était en tout cas troublante : la même paroi vitrée séparait la salle du trottoir, les tables étaient les mêmes et rangées pareillement ; les bouteilles, derrière le comptoir en zinc, s'alignaient de la même façon, et les mêmes affichettes en surmontaient la rangée supérieure. L'une de celles-ci proposait les mêmes mets rapides : sandwiches, croque-monsieur, pizza, etc.

« Bien qu'on ne serve plus de pizza, ici, depuis longtemps », pensa Simon Lecœur. Ensuite, il s'étonna qu'une telle certitude lui fût apparue, tout à coup, avec tant de force. Il but son café d'un seul trait. Puisque le tarif affiché donnait le prix des pizzas, on pouvait sans aucun doute en commander. Pourquoi Simon avait-il, soudain, cru le contraire ? Il ne possédait évidemment aucune information particulière qui le lui permît.

Mais, tandis qu'il étudiait les autres écriteaux placardés derrière le bar, son attention fut attirée par un portrait photographique de dimensions modestes, encadré de noir, qu'on avait aussi accroché là, un peu à l'écart, près du règlement interdisant de vendre des boissons alcoolisées aux mineurs. Pris d'une curiosité que lui-même expliquait mal, Simon Lecœur se leva, sous prétexte de se rendre aux toilettes, et fit un léger détour afin de passer devant la photo. Là, il s'arrêta, comme fortuitement, pour l'observer de plus près.

Elle représentait un homme d'une trentaine d'années, au regard clair mais inquiétant, en uniforme d'officier de marine, ou, plus exactement, de sous-officier. Le visage rappelait quelque chose à Simon... Tout à coup, il comprit pourquoi : c'était le garçon de café qui l'avait servi la veille.

Un rameau de buis bénit, glissé sous le cadre de bois noir, débordait largement du côté droit. Desséchées par les ans, ses tiges poussiéreuses avaient perdu la moitié de leurs feuilles. Sous la photographie, dans la marge blanche jaunie, une écriture visiblement gauchère avait tracé cette dédicace : « Pour Marie et Jean, leur papa chéri. »

« C'est l'uniforme qui vous intrigue ? », dit la serveuse.

Simon ne l'avait pas entendue venir. La femme à la blouse grise était en train d'essuyer des verres, derrière son comptoir. Elle reprit :

« C'est mon père que vous regardez. Il était russe. »

Simon, qui ne s'en était pas encore aperçu, admit que le costume, en effet, n'appartenait pas à la marine française. Mais, comme le personnage ne portait pas sa casquette, la différence n'apparaissait pas au premier abord. Pour dire quelque chose, il demanda bêtement si le marin était mort en mer :

« Péri en mer, rectifia la dame.

– Vous vous appelez Marie ?

– Évidemment ! », dit-elle en haussant les épaules.

Il descendit au sous-sol, où se trouvaient des toilettes malodorantes. Les murs, peints de couleur crème, servaient aux habitués pour y inscrire leurs opinions politiques, leurs rendez-vous d'affaires et leurs fantasmes sexuels. Simon se dit que, peut-être, l'un de ces messages s'adressait à lui ; par exemple, ce numéro de téléphone qui revenait avec insistance, tracé au crayon rouge, dans tous les sens : 765-43-21. Les chiffres étaient, en tout cas, faciles à retenir.

En regagnant sa place, il arrêta les yeux sur l'angle rentrant formé par le lambris de faux bois, juste derrière la chaise qu'il occupait. Une canne blanche, comme en utilisent les aveugles, était appuyée dans l'encoignure. Cette paroi, très mal éclairée, n'avait pas retenu ses regards, lors de son arrivée. La canne devait y être déjà. Simon Lecœur se rassit. Comme la serveuse triste passait à proximité, il lui fit signe :

« Madame, s'il vous plaît, donnez-moi une pizza.

– On n'en fait plus depuis des mois, répondit la dame grise. Le service d'hygiène nous en a interdit la vente. »

Simon finit son verre d'eau et paya le café. Il se dirigeait vers la sortie, quand il se souvint de quelque chose. « Tiens, prononça-t-il à mi-voix, voilà que j'oublie ma canne. » Aucune autre table n'était assez proche de l'objet pour qu'il appartînt à un autre consommateur. Simon revint rapidement sur ses pas, prit sans hésitation la canne blanche et traversa la salle pleine de monde, d'un air serein, en la tenant sous son bras gauche. Il sortit sans que personne parût s'en inquiéter.

Devant la porte du café, un camelot étalait sur le trottoir des peignes en fausse écaille et autres menues marchandises de pacotille. Bien qu'elles lui parussent exagérément chères, Simon Lecœur acheta des lunettes noires, aux verres très larges et très foncés. La monture lui plaisait par sa forme engainante. Le grand soleil de printemps lui faisait mal aux yeux, et il n'aimait pas que ses rayons obliques pénétrassent par des ouvertures latérales trop importantes. Il mit aussitôt les lunettes ; elles lui allaient parfaitement.

Sans qu'il sût pourquoi – simplement par jeu, peut-être – Simon ferma les yeux, à l'abri de ses verres noirs, et se mit à marcher en tâtant le macadam, devant ses pieds, avec le bout ferré de la canne. Il en éprouvait une sorte de repos.

Tant qu'il eut encore en mémoire la disposition des lieux, autour de lui, il put avancer sans trop de mal, bien qu'il lui fallût ralentir de plus en plus. Au bout d'une vingtaine de pas, il ne conservait plus aucune notion des obstacles qui l'entouraient. Il se sentit complètement perdu et s'arrêta, mais il n'ouvrit pas les yeux. Son statut d'aveugle empêchait qu'on le bousculât.

« Monsieur, voulez-vous que je vous aide à traverser ? »

C'était un jeune garçon qui lui adressait ainsi la parole. Simon pouvait sans peine lui donner un âge approximatif, parce que sa voix entrait de toute évidence dans la période de mue. L'origine, nettement perceptible, du son, indiquait en outre la taille de l'enfant, avec une précision qui surprit le faux infirme.

« Oui, merci, répondit Simon, je veux bien. »

Le gamin lui saisit la main gauche, avec douceur et fermeté.

« Attendez un moment, dit-il, le feu est au vert et les voitures roulent vite, sur l'avenue. »

Simon en conclut qu'il s'était juste arrêté au bord du trottoir. Il avait donc beaucoup dévié, en quelques mètres, par rapport à sa direction primitive. Cependant l'expérience l'attirait toujours, et même le fascinait ; il voulait la poursuivre jusqu'à ce qu'une impossibilité insurmontable y mît fin.

Il repéra sans peine, avec la pointe de fer, l'arête de la bordure en granit et la dénivellation, qu'il allait falloir descendre pour accéder à la chaussée. Son obstination idiote le surprenait lui-même : « Je dois avoir un sacré complexe d'Œdipe », se dit-il en souriant, tandis que le gamin l'entraînait en avant, les automobiles ayant enfin laissé le passage aux piétons. Mais bientôt le sourire s'évanouit, chassé par cette réflexion intérieure :

« Il ne faut pas que je rie : c'est triste d'être aveugle. » ...

L'image vaporeuse d'une petite fille en robe blanche à fronces, serrée à la taille par un gros ruban, après avoir tremblé quelques instants dans un imprécisable souvenir, finit par s'imposer derrière l'écran des paupières closes...

.....

Elle se tient immobile dans l'encadrement d'une porte. Le décor autour d'elle, trop sombre, ne laisse pratiquement rien distinguer. Seuls émergent de la pénombre la robe de gaze blanche, les cheveux blonds, la pâleur du visage. L'enfant porte devant elle, à deux mains, un grand chandelier à trois branches, en cuivre jaune, poli et luisant ; mais ses trois bougies sont éteintes.

.....

Je me demande, une fois de plus, d'où proviennent ces images. Ce chandelier est apparu déjà dans ma mémoire. Il était posé sur une chaise, allumé cette fois, au chevet d'un jeune garçon couché sur son lit de mort...

Mais nous sommes à présent parvenus de l'autre côté de la chaussée, et je crains que mon guide ne m'abandonne. N'étant pas encore assez à l'aise dans mon rôle d'aveugle, je souhaite que nous continuions à marcher ensemble, pendant quelques minutes supplémentaires. Pour gagner du temps, je l'interroge :

« Comment t'appelles-tu ?

– Je m'appelle Jean, monsieur.

– Tu habites dans ce quartier ?

– Non, monsieur, j'habite dans le quatorzième. »

Nous nous trouvons pourtant à l'autre bout de Paris. Bien que de multiples raisons puissent exister pour expliquer la présence ici de cet enfant, je m'étonne qu'il traîne ainsi, dans la rue, si loin de son domicile. Sur le point de lui poser une question à ce sujet, j'ai peur soudain que mon indiscrétion ne lui paraisse étrange, qu'il ne s'en alarme, et même qu'elle ne le fasse fuir...

« Rue Vercingétorix », précise le gamin, de sa voix qui passe brusquement de l'aigu au grave, en plein milieu d'un mot aussi bien.

Le nom du chef gaulois me surprend : je crois qu'il y a justement une rue Vercingétorix qui donne sur cette avenue-ci, et je ne pense pas qu'il y en ait une autre ailleurs, dans Paris en tout cas. C'est impossible que le même nom soit utilisé pour deux rues différentes de la même ville ; à moins que deux Vercingétorix n'existent aussi dans l'histoire de France. Je fais part de mes doutes à mon compagnon.

« Non, répond-il sans hésiter, il n'y a qu'un seul Vercingétorix, et une seule rue à Paris. Elle se trouve dans le quatorzième arrondissement. »

Il faut donc que je confonde avec un autre nom de rue ?... C'est assez fréquent que nous croyions ainsi à des choses tout à fait fausses : il suffit qu'un fragment de souvenir venu d'ailleurs s'introduise à l'intérieur d'un ensemble cohérent resté ouvert, ou bien que nous réunissions inconsciemment deux moitiés disparates, ou encore que nous inversions l'ordre des éléments dans un système causal, pour que se constituent dans notre tête des objets chimériques, ayant pour nous toutes les apparences de la réalité...

Mais je remets à plus tard la résolution de mon problème de topographie, de peur que le gamin ne finisse par se lasser de mes questions. Il m'a lâché la main, et je doute qu'il veuille me servir de guide encore longtemps. Ses parents l'attendent peut-être pour le déjeuner.

Comme il n'a plus rien dit depuis un temps assez long (assez long pour que j'en prenne conscience), je crains même un instant qu'il ne soit déjà parti, et qu'il ne faille désormais que je poursuive seul ma route, sans son providentiel soutien. Je dois avoir l'air désemparé, car j'entends alors sa voix, rassurante en dépit de ses sonorités étranges.

« Il ne semble pas, dit-il, que vous ayez l'habitude de marcher seul. Voulez-vous que nous restions ensemble encore un peu ? Où allez-vous ? »

La question m'embarrasse. Mais je dois éviter que mon guide improvisé ne s'en aperçoive. Pour qu'il ne sache pas que je ne sais pas moi-même où je vais, je réponds avec assurance, sans réfléchir :

« À la gare du Nord.

– Alors, il ne fallait pas que nous traversions. C'est de l'autre côté de l'avenue. »

Il a raison, évidemment. Je lui donne, toujours à la hâte, la seule explication qui me vienne à l'esprit.

« Je pensais ce trottoir-ci moins encombré.

– Il l'est en effet, dit le gamin. Mais, de toute façon, vous deviez tourner tout de suite sur la droite. Vous prenez le train ?

– Non, je vais attendre un ami.

– D'où vient-il ?

– Il arrive d'Amsterdam.

– À quelle heure ? »

Je me suis de nouveau avancé là sur un terrain dangereux. Pourvu qu'il y ait vraiment un train au début de l'après-midi ! Il est, heureusement, fort improbable que cet enfant connaisse les horaires.

« Je ne me rappelle plus l'heure exacte, dis-je. Mais je suis sûrement très en avance.

– Le rapide d'Amsterdam arrive en gare à douze heures trente-quatre, dit le gamin. Nous pouvons y être à temps si nous prenons le raccourci. Venez. Dépêchons-nous. »

CHAPITRE 7

« Nous prendrons la ruelle, dit le gamin. Ça ira plus vite. Mais il faudra que vous fassiez attention en posant les pieds : les pavés y sont très inégaux. En revanche, il n'y aura plus ni voitures ni passants.

– Bon, dis-je, je ferai attention.

– Je vous dirigerai comme je pourrai entre les trous et les bosses. Quand une difficulté particulière surviendra, je serrerai votre main davantage... Voilà, c'est ici : il faut que nous tournions à droite. »

Il vaudrait mieux que j'ouvre les yeux, évidemment. Ce serait plus prudent, et en tout cas plus commode. Mais j'ai décidé de marcher en aveugle aussi longtemps que cela me sera possible. Ça doit être ce qu'on appelle un pari stupide. J'agirais en somme comme un étourdi, ou comme un enfant, ce à quoi je ne suis guère accoutumé...

En même temps, ces ténèbres auxquelles je me condamne, et au milieu desquelles je me complais sans aucun doute, me paraissent convenir parfaitement à l'incertitude mentale dans laquelle je me débats depuis mon réveil.

Ma cécité volontaire en serait une sorte de métaphore, ou d'image objective, ou de redoublement...

Le gamin me tire vigoureusement par le bras gauche. Il progresse à grands pas, légers et sûrs, dont j'ai beaucoup de mal à suivre le rythme. Il faudrait que je me lance, que je prenne plus de risques, mais je n'ose pas : je tâte le terrain devant moi, avec le bout de ma canne, comme si je craignais de me trouver soudain devant un abîme, ce qui serait quand même fort étonnant...

« Si vous n'avancez pas plus rapidement, dit le gamin, vous n'arriverez pas à l'heure pour le train, vous raterez votre ami, et nous devrons ensuite le rechercher dans toute la gare. »

L'heure à laquelle j'arriverai ne m'importe guère, et pour cause. Cependant, je suis mon guide avec confiance et application. J'ai l'impression bizarre qu'il me conduit vers quelque chose d'important, dont je ne sais rien, et qui pourrait n'avoir aucun rapport avec la gare du Nord et le train d'Amsterdam.

Poussé sans doute par cette idée obscure, je me hasarde de plus en plus hardiment sur ce terrain plein de surprises, auquel mes pieds s'habituent peu à peu. Bientôt, je m'y sens tout à fait à l'aise. Je croirais presque nager dans un nouvel élément...

Je ne pensais pas que mes jambes fonctionneraient si aisément de façon autonome, quasiment sans contrôle. Elles voudraient même aller encore plus vite, entraînées par une force à laquelle le gamin n'a aucune part. Je courrais, à présent, s'il me le demandait...

Mais voilà que c'est lui qui trébuche, tout à coup. Je n'ai même pas le temps de le retenir, sa main m'échappe et je l'entends qui s'affale lourdement, juste devant moi. Pour un peu, emporté par mon élan, je tomberais aussi sur lui, et nous roulerions ensemble dans le noir, l'un par dessus l'autre, comme des personnages de Samuel Beckett. J'éclate de rire à cette image, tout en me remettant d'aplomb.

Mon guide, lui, ne rit pas de sa mésaventure. Il ne prononce pas une parole. Je ne l'entends plus bouger. Serait-il blessé, par une improbable malchance ? Sa chute lui aurait-elle causé quelque traumatisme crânien, la tête ayant cogné sur un pavé saillant ?

Je l'appelle par son prénom et je lui demande s'il s'est fait mal ; mais il ne répond rien. Un grand silence s'est établi soudain, et se prolonge, ce dont je commence à m'inquiéter sérieusement. Je tâte la pierre avec la pointe ferrée de ma canne, en prenant mille précautions...

Le corps du gamin gît en travers de la chaussée. Il semble immobile. Je m'agenouille et je me penche sur lui. Je lâche ma canne, afin de palper ses vêtements à deux mains. Je n'obtiens aucune réaction, mais, sous mes doigts, je sens un liquide poisseux dont je ne peux pas déterminer la nature.

Cette fois, je prends peur pour de bon. J'ouvre les yeux. J'enlève mes lunettes noires... Je demeure ébloui, tout d'abord, par la grande lumière à laquelle je ne suis plus habitué. Puis le décor se met en place, se précise, prend de la consistance, comme ferait une photographie polaroïde, dont le dessin apparaîtrait peu à peu sur un papier très blanc et verni... Mais c'est comme un décor de rêve, répétitif et angoissant, hors des replis duquel je ne parviendrais pas à sortir...

La longue rue déserte, qui s'étend devant moi, me rappelle en effet quelque chose, dont je ne saurais néanmoins préciser l'origine : j'ai seulement l'impression d'un endroit dans lequel je serais déjà venu, récemment, une fois en tout cas, plusieurs fois peut-être...

C'est une ruelle rectiligne, assez étroite, vide, solitaire, dont on n'aperçoit pas la fin. On dirait qu'elle a été abandonnée par les hommes, mise en quarantaine, oubliée par le temps. De chaque côté s'alignent des constructions basses, incertaines, plus ou moins délabrées : masures aux ouvertures béantes, ateliers en ruines, murs aveugles et palissades croulantes...

Sur le pavage grossier à l'ancienne mode – lequel n'a pas dû être entretenu depuis cent ans – un gamin d'une douzaine d'années, vêtu d'une blouse grise, bouffante et serrée à la taille, comme en portaient les petits garçons du peuple au siècle dernier, est étendu de tout son long, sur le ventre, apparemment privé de connaissance...

Tout cela aurait donc déjà eu lieu, auparavant, une fois au moins. Cette situation, pourtant exceptionnelle, que j'affronte ici, ne ferait que reproduire une aventure antérieure, exactement identique, dont j'aurais vécu moi-même les péripéties, où je jouerais le même rôle... Mais quand ? Et où ?

Progressivement, le souvenir s'estompe... Plus je cherche à m'en rapprocher, plus il me fuit... Une dernière lueur, encore... Puis plus rien. Cela n'aura été qu'une brève illusion. Je connais bien d'ailleurs ces impressions vives et fugitives, qui sont assez fréquentes chez moi comme chez beaucoup de gens, auxquelles on donne quelquefois ce nom : mémoire du futur.

Il s'agirait plutôt, en fait, d'une mémoire instantanée ; on croit que ce qui nous arrive nous est déjà arrivé antérieurement, comme si le présent se dédoublait, se fendait par le milieu en deux parties jumelles : une réalité immédiate, plus un fantôme de réalité... Mais le fantôme aussitôt vacille... On voudrait le saisir... Il passe et repasse derrière nos yeux, papillon diaphane ou feu follet dansant dont nous serions le jouet... Dix secondes plus tard, tout s'est envolé définitivement.

Quant au sort du blessé, une chose en tout cas me rassure : le liquide visqueux avec lequel je me suis souillé les doigts, en palpant le sol à proximité de la blouse de toile grise, n'est pas du sang, bien que sa couleur puisse y faire penser, ainsi que sa consistance.

Ce n'est qu'une flaque ordinaire de boue rougeâtre, teintée par des poussières de rouille, laquelle sera sans doute demeurée dans ce creux du pavage depuis la dernière pluie. L'enfant, par bonheur pour ses vêtements, qui sont pauvres mais très propres, est tombé juste sur le bord. C'est peut-être en voulant me faire éviter cet obstacle, vers lequel je me précipitais, qu'il aura lui-même perdu l'équilibre. J'espère que les conséquences de sa chute ne seront pas trop fâcheuses.

Mais il faudrait que je m'en occupe de toute urgence. Même s'il n'a rien de cassé, le fait qu'il se soit évanoui me ferait redouter quelque contusion grave. Cependant je ne vois, en retournant le frêle corps avec un soin maternel, aucune blessure au front ni à la mâchoire.

Tout le visage est intact. Les yeux sont fermés. On dirait que le gamin dort. Son pouls et sa respiration paraissent normaux, bien que très faibles. De toute manière, il faut que j'agisse : personne ne viendra me secourir dans cet endroit perdu.

Si les maisons qui nous entourent étaient habitées, j'irais y chercher de l'aide. J'y transporterais l'enfant, des femmes charitables lui offriraient un lit, et nous téléphonerions à police-secours, ou à un médecin du quartier qui accepterait de venir sur place.

Mais y a-t-il des locataires dans ces masures ouvertes à tous les vents ? Cela m'étonnerait beaucoup. Il ne devrait plus guère y vivre que des clochards, qui me riront au nez quand je leur demanderai un lit ou un téléphone. Peut-être même, si je les dérange dans quelque occupation louche, me réserveront-ils un accueil encore plus mauvais.

À cet instant seulement, j'avise, juste sur ma droite, un petit immeuble de deux étages, en meilleur état que ses voisins, dont les fenêtres, en particulier, sont demeurées en place dans les embrasures et possèdent encore tous leurs carreaux. La porte en est entrebâillée... C'est donc là que je risquerai ma première visite. Dès que j'aurai mis le blessé à l'abri, je serai déjà plus tranquille.

Mais il me semble, inexplicablement, que je connais déjà la suite : poussant du pied le battant de la porte entrouverte, je pénétrerai dans cette maison inconnue, avec l'enfant inanimé que je tiendrai avec précaution dans mes bras. À l'intérieur, tout sera obscur et désert. J'apercevrai cependant une vague lueur, bleuâtre, qui proviendra du premier étage. Je gravirai lentement un escalier de bois, étroit et raide, dont les marches grinceront dans le silence...

Je le sais. Je m'en souviens... Je me rappelle toute cette maison, avec une précision hallucinante, tous ces événements qui auraient donc déjà eu lieu, par la suite desquels je serais déjà passé, auxquels j'aurais déjà pris une part active... Mais quand était-ce ?

Tout en haut de l'escalier, il y avait une porte entrouverte. Une jeune fille grande et svelte, aux cheveux très blonds, se tenait dans l'entrebâillement, comme si elle attendait l'arrivée de quelqu'un. Elle était vêtue d'une robe blanche, en tissu léger, vaporeux, translucide, dont les plis, flottant au gré d'une improbable brise, accrochaient les reflets de cette lumière bleue qui tombait on ne savait d'où.

Un indéfinissable sourire, très doux, jeune, lointain, disjoignait ses lèvres pâles. Ses grands yeux verts, encore élargis par la pénombre, brillaient d'un éclat étrange, « comme ceux d'une fille qui serait venue d'un autre monde », pensa Simon Lecœur dès qu'il l'aperçut.

Et il demeura là, immobile au seuil de la chambre, tenant dans ses bras (« comme une brassée de roses offerte en présent », se disait-il) le petit garçon évanoui. Frappé lui-même d'enchantement, il contemplait la merveilleuse apparition, craignant à chaque seconde qu'elle ne disparaisse en fumée, surtout lorsqu'un souffle d'air un peu plus vif (auquel pourtant aucun autre objet, dans la pièce, ne semblait exposé) faisait voler ses voiles autour d'elle, « comme des flammes couleur de cendre ».

Au bout d'un temps sans doute très long (mais impossible à mesurer de façon certaine), pendant lequel Simon ne parvint à former, dans sa tête, aucune phrase qui aurait convenu à cette situation extraordinaire, il finit, en désespoir de cause, par prononcer ces simples mots, dérisoires :

« Un enfant s'est blessé.

– Oui, je sais », dit la jeune fille, mais avec un tel retard que les paroles de Simon parurent avoir traversé, pour lui parvenir, des espaces immenses. Puis, après un nouveau silence, elle ajouta : « Bonjour. Mon nom est Djinn. »

Sa voix était douce et lointaine, belle mais insaisissable, comme ses yeux.

« Vous êtes un elfe ? demanda Simon.

– Un esprit, un elfe, une fille, comme vous voudrez.

– Mon nom est Simon Lecœur, dit Simon.

– Oui, je sais », dit l'inconnue.

Elle avait un léger accent étranger, anglais peut-être, à moins que ce ne fussent là les intonations chantantes des sirènes ou des fées. Son sourire s'était accentué, imperceptiblement, sur ses derniers mots : on eût dit qu'elle parlait d'ailleurs, de très loin dans le temps, qu'elle se tenait dans une sorte de monde futur, au sein duquel tout serait déjà accompli.

Elle ouvrit la porte en grand, afin que Simon pût entrer sans mal. Et elle lui désigna d'un geste gracieux de son bras nu (lequel venait de se dégager, dans son mouvement, hors d'une manche très ample à ouverture évasée) un lit de cuivre à l'ancienne mode dont la tête, adossée au mur du fond sous un crucifix d'ébène, était encadrée par deux candélabres en bronze doré, étincelants, chargés de multiples cierges. Djinn se mit à les allumer, lentement, l'un après l'autre.

« On dirait un lit de mort, dit Simon.

– Tous les lits ne seront-ils pas des lits de mort, un jour ou l'autre ? », répondit la jeune fille dans un murmure à peine audible. Sa voix prit ensuite un peu plus de consistance pour affirmer, maternelle tout à coup : « Dès que vous l'aurez couché sur ces draps blancs, Jean s'y endormira d'un sommeil sans rêve.

– Vous savez donc aussi qu'il s'appelle Jean ?

– Comment s'appellerait-il, autrement ? Quel nom bizarre voudriez-vous qu'il porte ? Tous les petits garçons se nomment Jean. Toutes les petites filles s'appellent Marie. Vous le sauriez, si vous étiez d'ici. »

Simon se demanda ce qu'elle entendait par le mot « ici ». Désignait-il cette maison bizarre ? Ou cette rue abandonnée, dans son ensemble ? Ou bien quoi d'autre ? Simon déposa sur le lit funèbre, très doucement, l'enfant toujours inanimé, auquel Djinn ramena les deux mains au centre de la poitrine, comme on fait à ceux dont l'âme s'en va.

Le gamin se laissait faire sans opposer la moindre résistance, ni montrer quelque autre réaction que ce fût. Il avait conservé les yeux grands ouverts, mais ses prunelles étaient fixes. La flamme des bougies y faisait luire des reflets dansants, qui leur donnaient une vie fiévreuse, surnaturelle, inquiétante.

Djinn, à présent, se tenait à nouveau immobile, auprès du lit qu'elle contemplait d'un air serein. Dressée ainsi dans sa robe blanche vaporeuse, presque immatérielle, on l'aurait prise pour un archange qui veillait sur le repos d'un cœur en peine.

Simon dut faire un effort sur lui-même, dans le silence oppressant qui s'était abattu sur la chambre, pour poser à la jeune fille de nouvelles questions :

« Saurez-vous me dire, aussi, de quel mal il souffre ?

– Ce sont, répondit-elle, des troubles aigus de la mémoire qui lui provoquent des pertes partielles de conscience, et qui finiraient par le tuer tout à fait. Il faudrait qu'il se repose, sinon son cerveau surmené se fatiguera trop vite et ses cellules nerveuses mourront d'épuisement, avant que son corps n'ait atteint l'âge adulte.

– Quel genre de troubles est-ce exactement ?

– Il se rappelle, avec une précision extraordinaire, ce qui n'est pas encore arrivé : ce qui lui arrivera demain, ou même ce qu'il fera l'année prochaine. Et vous n'êtes, ici, qu'un personnage de sa mémoire malade. Quand il se réveillera, vous disparaîtrez aussitôt de cette pièce, dans laquelle, en fait, vous n'avez pas encore pénétré...

– J'y viendrai donc plus tard ?
– Oui. Sans aucun doute.
– Quand ?
– Je ne connais pas la date exacte. Vous arriverez dans cette maison, pour la première fois, vers le milieu de la semaine prochaine...
– Et vous, Djinn, que deviendriez-vous s'il se réveillait ?
– Moi aussi, je disparaîtrai d'ici à son réveil. Nous disparaîtrons au même instant l'un et l'autre.
– Mais où irons-nous ? Resterons-nous ensemble ?
– Ah non. Ça serait contraire aux règles de la chronologie. Essayez de comprendre : vous, vous irez là où vous devriez être en ce moment, dans votre réalité présente...
– Que voulez-vous dire par « présente » ?
– C'est votre moi futur qui se trouve ici, par erreur. Votre moi « actuel » est à plusieurs kilomètres, je crois, en train de participer à une réunion écologiste contre le machinisme électronique, ou quelque chose dans ce genre.
– Et vous ?
– Moi, hélas, je suis déjà morte, depuis près de trois ans, et je n'irai donc nulle part. C'est seulement le cerveau détraqué de Jean qui nous a réunis dans cette maison, par hasard : moi, j'appartiens à son passé, tandis que vous, Simon, vous appartenez à son existence future. Vous comprenez maintenant ? »
Mais Simon Lecœur ne parvenait pas à

saisir – sinon de façon parfaitement abstraite – ce que tout cela pouvait signifier, matériellement. Afin d'éprouver s'il n'était – oui ou non – que le rêve de quelqu'un d'autre, il eut l'idée de se pincer l'oreille avec force. Il ressentit une douleur normale, bien réelle. Mais, qu'est-ce que cela prouvait ?

Il fallait lutter contre le vertige auquel ces confusions de temps et d'espace exposaient sa raison. Cette jeune fille diaphane et rêveuse était peut-être tout à fait folle... Il leva les yeux vers elle. Djinn le regardait en souriant.

« Vous vous pincez l'oreille, dit-elle, pour savoir si vous n'êtes pas en train de rêver. Mais vous ne rêvez pas : vous êtes rêvé, c'est tout à fait différent. Et moi-même, qui suis pourtant morte, je puis encore sentir dans mon corps de la douleur ou du plaisir : ce sont mes souffrances et mes joies passées, dont cet enfant trop réceptif se souvient, et auxquelles il redonne une vie nouvelle, à peine émoussée par le temps. »

Simon était envahi par des sentiments contradictoires. D'une part, cette jeune fille étrange le fascinait et, sans se l'avouer, il redoutait de la voir disparaître ; même si elle venait du royaume des ombres, il avait envie de rester près d'elle. Mais, en même temps, toutes ces absurdités le mettaient en colère : il avait l'impression qu'on lui racontait, pour se moquer de lui, des histoires à dormir debout.

Il tenta de raisonner calmement. Cette scène (qu'il était en train de vivre) n'aurait pu appartenir à son existence future – ou à celle du gamin – que si les personnages présents dans la chambre devaient effectivement s'y trouver réunis un peu plus tard, la semaine suivante par exemple. Or cela devenait impossible, dans des conditions normales, si la jeune fille était morte deux ans auparavant.

Pour la même raison d'anachronisme, la scène qui se déroulait ici ne pouvait avoir eu lieu dans l'existence passée de Djinn, puisqu'il ne l'avait lui-même jamais rencontrée, de son vivant à elle...

Un doute, tout à coup, ébranla cette conviction trop rassurante... En un éclair, le souvenir traversa l'esprit de Simon, d'une rencontre passée avec une jeune fille blonde aux yeux vert pâle et au léger accent américain... Aussitôt cette impression s'effaça, d'un seul coup, comme elle était venue. Mais le garçon en demeura troublé.

Avait-il confondu, le temps d'une pensée, avec quelque image de l'actrice Jane Frank qui l'aurait fortement impressionné, dans un film ? Cette explication ne parvenait pas à le convaincre. Et la peur le reprit, de plus belle, que le gamin ne sortît de son évanouissement et que Djinn ne se volatilisât sous ses yeux, à tout jamais.

À ce moment, Simon se rendit compte d'une particularité importante du décor, à laquelle, très curieusement, il n'avait encore prêté aucune attention : les rideaux de la pièce étaient clos. Faits d'une lourde étoffe rouge sombre, très ancienne sans doute (usée par l'âge, le long des plis, jusqu'à la trame), ils masquaient complètement les surfaces vitrées qui devaient donner sur la rue. Pourquoi les tenait-on ainsi fermés, en plein jour ?

Mais Simon réfléchit ensuite à cette idée de « plein jour ». Quelle heure était-il donc ? Agité d'une soudaine angoisse, il courut jusqu'aux fenêtres, par lesquelles n'arrivait aucune lumière, ni à travers l'étoffe ni sur les côtés. Il souleva en hâte un pan de rideau.

Dehors, il faisait nuit noire. Depuis quand ? La ruelle était plongée dans l'obscurité totale, sous un ciel sans étoiles ni lune. On n'apercevait pas non plus la moindre lueur – électrique ou autre – aux embrasures des maisons, d'ailleurs à peu près invisibles. Un unique réverbère à l'ancienne mode, assez éloigné, tout à fait sur la droite, dispensait une faible clarté bleuâtre dans un rayon d'à peine quelques mètres.

Simon laissa retomber le rideau. La nuit serait-elle venue si vite ? Ou bien le temps s'écoulerait-il « ici » selon d'autres lois ? Simon voulut consulter sa montre-bracelet. Il ne fut même pas surpris en constatant qu'elle était arrêtée. Les aiguilles marquaient douze heures juste. C'était aussi bien minuit que midi.

Sur le mur, entre les deux fenêtres, était accroché un portrait photographique sous verre, encadré de bois noir, derrière lequel dépassait un rameau de buis bénit. Simon le regarda de plus près. Mais la lumière qui provenait des chandeliers n'était pas suffisante pour qu'il pût distinguer les traits du personnage, un homme en tenue militaire, semblait-il.

Un brusque désir de mieux voir son visage s'empara de Simon, pour qui cette image prenait subitement une inexplicable importance. Il retourna vivement près du lit, saisit l'un des flambeaux, revint jusqu'au portrait, qu'il éclaira le mieux qu'il put à la lueur tremblante des bougies...

Il l'aurait presque parié : c'était là sa propre photographie. Il n'y avait pas à s'y méprendre. La figure était parfaitement reconnaissable, bien que peut-être vieillie de deux ou trois ans, ou à peine plus, ce qui lui conférait un air de sérieux et de maturité.

Simon en demeurait comme pétrifié. Le lourd candélabre de bronze tendu à bout de bras, il ne pouvait détacher les yeux de son double, qui lui souriait imperceptiblement, d'un air à la fois fraternel et moqueur.

Il portait, sur ce cliché inconnu, l'uniforme de la marine de guerre et des galons de premier-maître. Mais le costume n'était pas exactement celui en usage dans l'armée française, pas à l'époque actuelle, en tout cas. Simon, d'ailleurs, n'avait jamais été soldat ni marin. Le tirage était d'une teinte sépia un peu délavée. Le papier en paraissait jauni par le temps, piqueté de petites taches grises ou brunâtres.

Dans la marge inférieure, deux courtes lignes manuscrites barraient en biais l'espace libre. Simon y reconnut aussitôt sa propre écriture, penchée à contresens comme celle des gauchers. Il lut à voix basse : « Pour Marie et Jean, leur papa chéri. »

Simon Lecteur se retourna. Sans qu'il l'eût entendue bouger, Djinn s'était rapprochée de lui ; et elle le contemplait avec une moue amusée, presque tendre :

« Vous voyez, dit-elle, c'est une photo de vous, dans quelques années.

– Elle fait donc partie, elle aussi, de la mémoire anormale de Jean, et de mon avenir ?

– Bien entendu, comme tout le reste ici.

– Sauf vous ?

– Oui, c'est exact. Parce que Jean mélange les temps. C'est cela qui dérègle les choses et les rend peu compréhensibles.

– Vous disiez tout à l'heure que je viendrai ici dans quelques jours. Pourquoi ? Que viendrais-je donc y faire ?

– Vous ramènerez dans vos bras un petit garçon blessé, évidemment, un petit garçon qui doit d'ailleurs être votre fils.

– Jean est mon fils ?

– Il « sera » votre fils, comme le prouve

cette dédicace sur la photographie. Et vous aurez aussi une petite fille, qui s'appellera Marie.

– Vous voyez bien que c'est impossible ! Je ne peux pas avoir, la semaine prochaine, un enfant de huit ans, qui n'est pas encore né aujourd'hui, et que vous auriez néanmoins connu, vous, il y a plus de deux années !

– Vous raisonnez vraiment comme un Français : positiviste et cartésien... De toute façon, j'ai dit que vous viendriez ici dans quelques jours « pour la première fois ». Mais vous y reviendrez souvent par la suite. Vous habiterez même probablement cette maison avec votre femme et vos enfants. Pourquoi, sans cela, votre photo ornerait-elle ce mur ?

– Vous n'êtes pas française ?

– Je n'étais pas française. J'étais américaine.

– Que faisiez-vous, dans la vie ?

– Actrice de cinéma.

– Et de quoi êtes-vous morte ?

– Un accident de machine, provoqué par un ordinateur fou. C'est pour cette raison que je milite, à présent, contre la mécanisation et l'informatique.

– Comment « à présent » ? Je croyais que vous étiez morte !

– Et après ? Vous aussi vous êtes mort ! N'avez-vous pas remarqué le portrait encadré de bois noir, et le buis bénit qui veille sur votre âme ?

– Et de quoi donc suis-je mort ? De quoi

serais-je mort ? Ou plutôt, de quoi mourrai-je ? s'écria Simon de plus en plus exaspéré.

– Péri en mer », répondit Djinn avec calme.

Cette fois, c'en était trop. Simon fit un dernier effort, désespéré, pour sortir de ce qui ne pouvait être qu'un cauchemar. Il pensa qu'il devrait d'abord se détendre les nerfs : il fallait qu'il hurle, qu'il se cogne la tête contre les murs, qu'il casse quelque chose...

Avec rage, il laissa choir le chandelier allumé sur le sol, et il marcha d'un pas décidé vers cette trop jolie fille qui se moquait de lui. Il la saisit à bras le corps. Loin de lui résister, elle l'enlaça, telle une pieuvre blonde, avec une sensualité à laquelle Simon ne s'était guère attendu.

Elle avait, pour un fantôme, une chair trop chaude et trop douce... Elle l'entraînait vers le lit, d'où le petit garçon s'était enfui, réveillé sans doute par le vacarme. Sur le plancher, les bougies répandues continuaient à brûler, au risque de mettre le feu aux rideaux...

C'est la dernière vision claire que Simon Lecœur eut de la chambre, avant de sombrer dans le plaisir.

CHAPITRE 8

Quand je suis arrivée en France, l'année dernière, j'ai fait la connaissance, par hasard, d'un garçon de mon âge nommé Simon Lecœur, qui se faisait appeler Boris, je n'ai jamais su pourquoi.

Il m'a plu tout de suite. Il était assez beau, grand pour un Français, et il avait surtout une imagination fantasque qui lui faisait transformer, à chaque instant, la vie quotidienne et ses événements les plus simples en d'étranges aventures romanesques, comme il s'en trouve dans les récits de science-fiction.

Mais j'ai pensé, presque aussitôt, qu'il me faudrait sans doute beaucoup de patience, quelquefois, pour accepter de bon cœur ses inventions extravagantes ; je devrais même écrire : ses folies. « Il faudra que je l'aime énormément, me suis-je dit dès ce premier jour ; sans cela, très vite, nous ne nous supporterons plus. »

Nous nous sommes rencontrés de façon à la fois bizarre et banale, grâce à une petite annonce lue dans un quotidien. Nous cherchions l'un et l'autre du travail : un petit travail intermittent qui nous permettrait, sans trop nous fatiguer, de nous offrir, sinon l'indispensable, du moins le superflu. Il se disait étudiant, lui aussi.

Une brève annonce, donc, écrite en style télégraphique avec des abréviations plus ou moins claires, recherchait un j. h. ou une j. f. pour s'occuper de deux enfants, un garçon et une fille, qu'il s'agissait probablement de garder le soir, d'aller chercher à l'école, d'emmener au zoo, ou d'autres choses du même genre. Nous nous sommes présentés tous les deux au rendez-vous. Mais personne d'autre n'est venu.

L'annonceur avait dû, dans l'intervalle, renoncer à son projet, ou bien se procurer par une autre voie ce dont il avait besoin. Toujours est-il que, nous trouvant, Simon et moi, l'un en face de l'autre, chacun de nous a d'abord cru que l'autre était son éventuel employeur.

Lorsque nous avons découvert qu'il n'en était rien, et que l'annonceur en réalité nous faisait faux bond (qu'il nous avait posé un lapin, comme cela se dit en France), j'ai été pour ma part assez déçue. Mais lui, sans se démonter une seconde, s'est complu à prolonger volontairement sa méprise, se mettant même à me parler comme si j'allais devenir désormais son patron.

« Ça ne vous dérangerait pas, lui ai-je alors demandé, de travailler sous les ordres d'une fille ? » Il m'a répondu que cela lui plaisait au contraire beaucoup.

Il avait dit « plaît », et non pas « plairait », ce qui signifiait qu'il poursuivait le jeu. J'ai donc fait semblant, à mon tour, d'être moi-même ce qu'il disait, parce que ça me paraissait cocasse, parce que surtout je le trouvais drôle et charmant.

J'ai même ajouté que ces enfants qu'il surveillerait pour moi, dorénavant, n'étaient pas de tout repos : ils appartenaient à une organisation terroriste qui faisait sauter les centrales atomiques... C'est une idée idiote qui m'était tout à coup, j'ignore pourquoi, passée par la tête.

Ensuite nous sommes allés dans une brasserie, sur le boulevard tout proche, où il m'a offert un café-crème et un croque-monsieur. Je voulais prendre une pizza, mais il s'est lancé aussitôt dans de nouvelles fables au sujet de ce bistrot, dans lequel on aurait censément servi des nourritures empoisonnées aux espions ennemis dont on désirait se débarrasser.

Comme le garçon de café était peu loquace, maussade, avec une tête plutôt sinistre, Simon a prétendu que c'était un agent soviétique, pour le compte duquel travaillaient justement les deux gosses.

Nous étions très gais tous les deux. Nous nous parlions à l'oreille, pour que le serveur ne nous entende pas, comme des conspirateurs ou comme des amoureux. Nous nous amusions de tout. Tout nous semblait se passer dans une atmosphère singulière, privilégiée, quasi surnaturelle.

Le café-crème était infect. Mais mon compagnon m'a expliqué, avec un très grand sérieux, que, si je continuais à boire du café trop noir, cela me rendrait aveugle, à cause de la couleur vert pâle de mes yeux. Il en a profité, naturellement, pour m'adresser quelques compliments traditionnels sur mon « regard mystérieux » et même sur « l'éclat extra-terrestre » de mes prunelles !

Il fallait que j'aille à la gare du Nord, pour y attendre mon amie Caroline, qui devait arriver par le train d'Amsterdam. Ça n'était pas très loin de l'endroit où nous nous trouvions. Simon, qui bien entendu souhaitait m'accompagner, a proposé que nous y allions à pied. Je devrais d'ailleurs plutôt écrire : « Simon a décidé que nous irions à pied », car sa constante fantaisie, paradoxalement, s'alliait à un assez fort autoritarisme.

Nous nous sommes mis en marche, joyeusement. Simon s'ingéniait à inventer toutes sortes d'histoires, plus ou moins fantastiques, concernant les lieux que nous traversions et les gens qui nous croisaient. Mais il nous a fait prendre un chemin bizarre, compliqué, dont il n'était pas assez sûr : des ruelles de plus en plus désertes qui devaient, paraît-il, constituer un raccourci.

Nous avons fini par nous perdre tout à fait. J'avais peur d'être en retard, et Simon m'amusait nettement moins. J'ai été bien contente, en désespoir de cause, de pouvoir sauter dans un taxi en maraude, dont la présence inopinée en ces lieux perdus m'est apparue comme providentielle.

Avant d'abandonner mon déplorable guide, qui refusait – pour des raisons extravagantes – de monter avec moi dans cette voiture, je lui ai quand même donné rendez-vous pour le lendemain, sous un prétexte d'ailleurs absurde (volontairement absurde) : reprendre la visite de ce quartier désolé – sans aucun attrait touristique – au point précis où nous nous quittions, c'est-à-dire au milieu d'une longue ruelle rectiligne, entre des vieilles palissades et des murs à demi écroulés, avec un pavillon en ruine comme repère.

Comme j'avais peur de ne pas retrouver cet endroit toute seule, nous avons décidé de nous rejoindre, pour cette exploration, dans le café-brasserie où nous nous étions déjà arrêtés aujourd'hui. La bière y serait peut-être moins mauvaise que le café noir.

Mais le chauffeur de taxi s'impatientait ; il prétendait que son véhicule gênait la circulation, ce qui était tout à fait stupide puisqu'il n'y avait pas de circulation du tout. Cependant, l'heure du train approchait, et nous nous sommes fait des adieux très brefs, Simon et moi. Au dernier moment, il m'a crié un numéro de téléphone où l'on pouvait l'appeler : le sept cent soixante-cinq, quarante-trois, vingt et un.

Une fois installée dans le taxi, qui était vieux et en plus mauvais état encore que ceux de New York, j'ai pensé qu'il avait aussi cette couleur jaune vif à laquelle nous sommes habitués, chez nous, mais qui est très exceptionnelle en France. Simon, pourtant, ne s'en était pas étonné.

Et puis, en y réfléchissant davantage, je me suis demandé comment il se faisait que cette voiture se soit justement trouvée là, sur notre chemin : les taxis n'ont pas coutume de marauder dans de tels lieux déserts, quasi inhabités. Cela ne se comprendrait guère...

Mon trouble s'est encore accru lorsque j'ai constaté que le chauffeur avait disposé son rétroviseur intérieur, en haut du pare-brise, de manière à m'observer commodément moi-même, au lieu de surveiller la rue derrière nous. Quand j'ai croisé son regard, dans le petit miroir rectangulaire, il n'a même pas détourné les yeux. Son visage avait des traits forts, irréguliers, dissymétriques. Et je lui ai trouvé un air sinistre.

Gênée par ces pupilles sombres, profondément enfoncées dans les orbites, qui continuaient de me fixer dans la glace (connaissait-il donc si bien ce labyrinthe de ruelles, qu'il pouvait y conduire ainsi à vive allure sans presque regarder sa route ?), j'ai demandé si la gare du Nord était encore loin. L'homme a eu alors une crispation horrible de la bouche, qui représentait peut-être un sourire raté, et il a dit, d'une voix lente :

« Ne vous en faites pas, on va y être bientôt. »

Cette phrase anodine, prononcée sur un ton lugubre (quelqu'un de peureux l'eût même jugé menaçant), n'a fait qu'augmenter mon trouble. Ensuite, je me suis reproché mon excessive méfiance, et je me suis dit que l'imagination délirante de Simon devait être contagieuse.

Je m'étais crue très près de la gare, au moment où nous nous étions séparés, Simon et moi. Cependant le taxi a roulé très longtemps, dans des quartiers où je ne reconnaissais rien, et dont l'aspect rappelait plutôt celui de lointaines banlieues.

Puis, brusquement, à un détour de rue, nous nous sommes trouvés devant la façade bien connue de la gare du Nord. Au bord du trottoir, à l'endroit où les taxis débarquent leurs clients après un rapide virage, il y avait Simon qui m'attendait.

Il m'a ouvert la portière avec galanterie, et il a sans doute réglé lui-même le prix de la course, car, après que je l'ai vu se pencher un instant vers la vitre baissée du chauffeur, celui-ci a démarré sans attendre autre chose, à toute vitesse. Pourtant, cet échange de propos (inaudibles) avait été d'une brièveté extrême, et je ne me souviens pas d'avoir aperçu, entre les deux hommes, le moindre geste pouvant se rapporter à une quelconque opération de paiement.

J'étais, d'ailleurs, absolument éberluée par cette réapparition inopinée de Simon. Il souriait avec gentillesse, d'un air heureux, comme un enfant qui a fait une bonne farce. Je lui ai demandé comment il était arrivé là.

« Eh bien, m'a-t-il répondu, j'ai pris un raccourci.

– Vous êtes venu à pied ?

– Naturellement. Et je vous attends depuis déjà dix minutes.

– Mais c'est impossible !

– C'est peut-être impossible, mais c'est vrai. Vous avez mis un temps énorme à faire ce trajet très court. Maintenant, vous avez raté votre train, et votre amie. »

C'était malheureusement exact. J'avais presque dix minutes de retard, et j'allais avoir bien du mal à retrouver Caroline dans la foule. Je devais l'attendre à sa descente du train, juste à l'entrée du quai.

« Si vous voulez mon avis, a encore ajouté Simon, ce chauffeur vous a promenée exprès, pour allonger la course. Comme vous tardiez à venir, j'ai même cru un moment que vous n'arriveriez jamais : les taxis jaunes sont toujours ceux qui servent aux enlèvements. C'est une tradition chez nous.

« Il faudra dorénavant vous méfier davantage : il disparaît chaque jour à Paris, de cette manière, une bonne douzaine de jolies filles.

Elles passeront le reste de leur brève existence dans les luxueuses maisons de plaisir de Beyrouth, de Macao et de Buenos Aires. On a découvert justement le mois dernier... »

Puis soudain, comme s'il se rappelait tout à coup une affaire urgente, Simon s'est interrompu, au milieu de ses inventions et de ses mensonges, pour déclarer précipitamment :

« Excusez-moi, il faut que je m'en aille. Je me suis déjà trop attardé... À demain, donc, comme convenu. »

Il avait pris, pour me rappeler notre rendez-vous du lendemain, une voix basse et mystérieuse, comme quelqu'un qui aurait craint les oreilles indiscrètes d'éventuels espions. J'ai répondu « À demain ! » et je l'ai vu partir en courant. Il s'est perdu aussitôt dans la foule.

Je me suis alors retournée vers l'entrée de la gare et j'ai aperçu Caroline qui en sortait, s'avançant vers moi avec son plus large sourire. À ma grande surprise, elle tenait par la main une petite fille blonde, très jolie, âgée peut-être de sept ou huit ans.

Caroline, qui avait sa main droite encombrée par une valise, a lâché la petite fille pour me faire un grand signe joyeux avec le bras gauche. Et elle m'a crié, sans se soucier des passants qui se hâtaient en tous sens entre elle et moi :

« C'est comme ça que tu m'attends sur le quai ! Tu restes parler avec des garçons, sans te préoccuper de l'heure de mon train ! »

Elle est accourue jusqu'à moi et elle m'a embrassée avec son exubérance coutumière. La petite fille regardait ailleurs, de l'air discret d'une jeune personne bien élevée qui n'a pas encore été présentée. J'ai dit :

« Oui, je sais, je suis un peu en retard. Pardonne-moi. Je t'expliquerai...

– Il n'y a rien à expliquer : j'ai bien vu que tu étais avec un beau jeune homme ! Tiens, je te présente Marie. C'est la fille de mon frère Joseph et de Jeanne. On me l'a confiée, à Amsterdam, pour la ramener à ses parents. »

L'enfant a exécuté alors à mon intention, avec application et sérieux, une révérence compliquée, cérémonieuse, comme on en apprenait aux demoiselles il y a cinquante ou cent ans. J'ai dit : « Bonjour, Marie ! » et Caroline a poursuivi ses explications avec volubilité.

« Elle passait ses vacances chez une tante, tu sais : la sœur de Jeanne qui s'est mariée avec un officier de marine russe. Je t'ai déjà raconté cette histoire : un nommé Boris, qui a demandé l'asile politique lors d'une escale de son bateau à La Haye. »

Sur un ton raisonnable de grande personne, et dans un langage étonnamment apprêté pour une enfant de cet âge, la petite Marie a ajouté ses propres commentaires :

« Oncle Boris n'est pas vraiment un réfugié politique. C'est un agent soviétique, déguisé en dissident et chargé de semer la contestation et le désordre chez les travailleurs de l'industrie atomique.

– C'est toi qui as découvert ça toute seule ? lui ai-je demandé avec amusement.

– Oui, c'est moi, a-t-elle répondu sans se troubler. J'ai bien vu qu'il avait son numéro d'espion tatoué en bleu sur le poignet gauche. Il essaie de le dissimuler sous un bandage en cuir, qu'il porte censément pour renforcer son articulation. Mais ça n'est pas vrai, puisqu'il ne fait aucun travail de force.

– N'écoute pas Marie, m'a dit Caroline. Elle invente tout le temps des histoires absurdes, de science-fiction, d'espionnage ou de spiritisme. Les enfants lisent trop de littérature fantastique. »

À ce moment, je me suis aperçue qu'un homme nous observait, à quelques pas de nous. Il se tenait un peu en retrait, dans un angle de mur, et fixait sur notre petit groupe un regard anormalement intéressé. J'ai cru d'abord que c'était Marie qui attirait ainsi, de façon assez suspecte, son attention.

Il pouvait avoir une quarantaine d'années, peut-être un peu plus, et portait un costume gris, croisé, de forme classique (veste, pantalon et gilet assortis), mais vieux, râpé, déformé par l'usage, ainsi qu'une chemise et une cravate aussi défraîchies que s'il avait dormi tout habillé, durant quelque très long parcours en chemin de fer. Il tenait à la main une petite valise en cuir noir, qui m'a fait penser à une trousse de chirurgien, je ne sais pas exactement pourquoi.

Ces yeux sombres et perçants, profondément enfoncés dans leurs orbites, ce visage aux traits dissymétriques, lourds, désagréablement accusés, cette grande bouche tordue par une sorte de rictus, tout cela me rappelait avec violence quelque chose... un souvenir, récent pourtant, que je n'arrivais pas à préciser.

Puis, d'un seul coup, je me suis souvenue : c'était le chauffeur du taxi jaune qui m'avait conduite à la gare. J'en ai éprouvé une si vive impression de malaise, presque physique, que je me suis sentie rougir. J'ai détourné la tête de ce déplaisant personnage. Mais, quelques secondes plus tard, je l'ai regardé à nouveau.

Il n'avait ni bougé ni changé la direction de son regard. Mais c'était plutôt Caroline, à vrai dire, qu'il paraissait surveiller. Ai-je oublié de signaler que Caroline est très jolie ? Grande et bien faite, svelte, très blonde, avec les cheveux courts et un visage doux, légèrement androgyne, qui rappelle beaucoup celui de l'actrice Jane Frank, elle attire toujours sur elle les hommages, plus ou moins indiscrets, des hommes de tous âges.

Il faut aussi que j'avoue autre chose : les gens prétendent que nous nous ressemblons, elle et moi, de façon troublante. On nous prend en général pour deux sœurs, souvent même pour des jumelles. Et il est arrivé plusieurs fois que des amis de Caroline s'adressent à moi, en croyant lui parler à elle, ce qui a donné lieu un jour à une aventure étrange...

Mais Caroline a interrompu le cours de mes pensées :

« Qu'est-ce qui t'arrive ? a-t-elle demandé en me dévisageant avec inquiétude. Tu as changé de figure. On dirait que tu viens d'apercevoir quelque chose d'effrayant. »

Marie, qui avait deviné la cause de mon émotion, a expliqué tranquillement, à voix très haute :

« Le type qui nous suit depuis qu'on est descendues du train est toujours là, avec sa petite valise pleine de couteaux. C'est un satyre, évidemment, je l'avais vu tout de suite.

– Ne parle pas si fort, a murmuré Caroline en se penchant vers la fillette sous prétexte d'arranger les plis froissés de sa robe, il va nous entendre.

– Bien sûr qu'il nous entend, a répondu Marie sans baisser le ton. Il est là pour ça. »

Et, brusquement, elle a tiré la langue en direction de l'inconnu, en même temps qu'elle lui adressait son sourire le plus angélique. Caroline s'est mise à rire, avec son insouciance habituelle, tout en grondant Marie pour la forme, sans aucune conviction. Puis elle m'a dit :

« En fait, la petite a peut-être raison. Je crois d'ailleurs que ce type a pris le même train que nous. Il me semble l'avoir vu qui rôdait dans le couloir du wagon, et aperçu déjà sur le quai de départ, à Amsterdam. »

Levant à nouveau les yeux vers l'inquiétant personnage à la mallette noire, j'ai assisté alors à une scène qui n'a fait qu'accroître mon étonnement. L'homme n'était plus tourné de notre côté ; il regardait à présent un aveugle qui venait vers lui, tâtant le sol avec l'extrémité ferrée de sa canne.

C'était un grand garçon blond de vingt ou vingt-cinq ans, vêtu d'un élégant blouson en cuir très fin, de couleur crème, ouvert sur un pull-over bleu vif. De grosses lunettes noires cachaient ses yeux. Il tenait dans la main droite sa canne blanche à poignée recourbée. Un gamin d'une douzaine d'années le guidait par la main gauche.

Pendant quelques secondes, je me suis imaginée, contre toute vraisemblance, qu'il s'agissait de Simon Lecœur, qui serait revenu déguisé en aveugle. Bien entendu, en l'observant mieux, j'ai aussitôt reconnu mon erreur : les quelques points communs qu'on aurait pu relever dans l'allure générale, le costume, ou la coiffure des deux garçons, ne constituaient en réalité que peu de chose.

Quand le jeune homme à la canne blanche et son guide sont arrivés auprès du type aux vêtements fatigués et à la sacoche de médecin, ils se sont arrêtés. Mais aucun d'entre eux n'a manifesté quoi que ce soit. Il n'y a pas eu de salutations, ni ces paroles ou gestes d'accueil qu'on aurait pu attendre dans de semblables circonstances. Ils sont demeurés là sans rien dire, face à face, immobiles désormais.

Puis, avec lenteur et précision, du même mouvement régulier, exactement comme si une même mécanique faisait mouvoir leurs trois têtes, ils se sont tournés vers nous. Et ils sont restés ainsi, de nouveaux pétrifiés, sans plus bouger que trois statues : le jeune homme au visage blond à demi masqué par les grosses lunettes, encadré du garçonnet à sa gauche et du petit homme au complet gris déformé à sa droite.

Ils avaient tous les trois leurs yeux fixés sur moi, l'aveugle aussi, j'en aurais juré, derrière ses énormes verres noirs. La figure maigre du gamin était d'une pâleur extrême, anormale, fantomatique. Les traits ingrats du petit homme s'étaient figés en un horrible rictus. Le groupe entier m'a paru tout à coup si effrayant, que j'ai eu envie de hurler, comme pour faire cesser un cauchemar.

Mais, ainsi que dans les cauchemars, aucun son n'est sorti de ma bouche. Pourquoi Caroline ne disait-elle rien ? Et Marie, qui se tenait entre nous deux, pourquoi ne rompait-elle pas le charme, avec sa désinvolture d'enfant sans peur et sans respect ? Pourquoi ne bougeait-elle plus, devenue muette elle aussi, sous l'effet de quel enchantement ?

L'angoisse montait en moi si dangereusement, inexorable, que j'ai craint de perdre connaissance. Pour lutter contre l'insupportable malaise, si peu dans ma nature, j'ai essayé de penser à autre chose. Mais je n'ai plus trouvé, pour me raccrocher, qu'un des discours stupides que m'avait tenus Simon, une heure ou deux auparavant :

Je n'étais pas, prétendait-il, une vraie femme, mais seulement une machine électronique très perfectionnée, construite par un certain docteur Morgan. Celui-ci, à présent, se livrait sur moi à des expériences diverses, afin de tester mes performances. Il me soumettait à une série d'épreuves, tout en faisant surveiller mes réactions par des agents à son service, placés partout sur mon chemin, et dont certains ne seraient également, eux-mêmes, que des robots...

Les gestes de ce faux aveugle, qui venait d'arriver comme fortuitement en face de moi, ne m'avaient-ils pas, justement, paru mécaniques et saccadés ? Ces étranges lunettes, dont la taille me semblait de plus en plus monstrueuse, ne masquaient sans doute pas de vrais yeux, mais un dispositif d'enregistrement sophistiqué, peut-être même des émetteurs de rayons qui agissaient, à mon insu, sur mon corps et sur ma conscience. Et le chirurgien-chauffeur de taxi n'était autre que Morgan lui-même.

L'espace entre ces gens et moi s'était vidé, par je ne sais quel hasard, ou quel prodige. Les voyageurs qui circulaient ici en grand nombre, un instant plus tôt, avaient maintenant disparu... Avec une difficulté incompréhensible, j'ai réussi à détourner ma tête de ces trois regards qui m'hypnotisaient. Et j'ai cherché du secours du côté de Marie et de Caroline...

Elles aussi fixaient sur moi ces mêmes yeux glacés, inhumains. Elles n'étaient pas dans mon camp, mais dans le leur, contre moi... J'ai senti mes jambes qui se dérobaient et ma raison qui basculait, dans le vide, en une chute vertigineuse.

.....

Lorsque je me suis réveillée ce matin, j'avais la tête vide, lourde, et la bouche pâteuse, comme si je m'étais livrée, la veille, à des excès de boissons alcooliques, ou comme si j'avais pris quelque puissant somnifère. Ce n'était pourtant pas le cas...

Qu'avais-je fait, au juste, le soir précédent ? Je ne parvenais pas à m'en souvenir... Je devais aller chercher Caroline à la gare, mais quelque chose m'en avait empêchée... Je ne savais plus quoi.

Une image, cependant, est revenue à ma mémoire, mais je ne pouvais la rattacher à rien. C'était une grande chambre, meublée de choses disparates, en très mauvais état, comme ces chaises défoncées et ces carcasses de lits en fer que l'on mettait au rebut dans les greniers des anciennes maisons.

Il y avait en particulier un très grand nombre de vieilles malles, de volumes et de formes divers. J'en ai ouvert une. Elle était pleine de vêtements féminins démodés, de corsets, de jupons et de jolies robes fanées d'autrefois. J'avais du mal à en distinguer les ornements compliqués et les broderies, car la pièce n'était éclairée que par deux chandeliers où brûlaient des restes de bougies à la flamme jaune et vacillante...

Ensuite, j'ai pensé à la petite annonce dont Caroline m'avait lu le texte, au téléphone, quand elle m'avait appelée pour me donner l'heure de son train. Puisque je cherchais un petit travail, afin de compléter le montant de ma bourse, j'avais décidé de me rendre à l'adresse indiquée dans cette offre d'emploi bizarre, que mon amie avait trouvée en lisant un hebdomadaire écologique. Mais j'avais dormi si longtemps, aujourd'hui, que le moment de me préparer était déjà venu, si je voulais y être à l'heure fixée.

Je suis arrivée exactement à six heures et demie. Il faisait presque nuit déjà. Le hangar n'était pas fermé. Je suis entrée en poussant la porte, qui n'avait plus de serrure.

À l'intérieur, tout était silencieux. Sous la faible clarté qui venait des fenêtres aux vitres crasseuses, j'avais du mal à distinguer les objets qui m'entouraient, entassés de tous côtés dans un grand désordre, hors d'usage sans doute.

Quand mes yeux ont été habitués à la pénombre, j'ai enfin remarqué l'homme, en face de moi. Debout, immobile, les deux mains dans les poches de son imperméable, il me regardait sans prononcer un mot, sans esquisser à mon adresse la moindre salutation.

Résolument, je me suis avancée vers lui...

ÉPILOGUE

Là s'arrête le récit de Simon Lecœur.

Je dis bien « le récit de Simon Lecœur », car personne – ni chez nous ni du côté de la police – ne pense que le chapitre 8, rédigé au féminin, ait vraiment été écrit par quelqu'un d'autre : il s'intègre trop visiblement à l'ensemble, tant du point de vue grammatical que selon la logique des parcours et des retournements narratifs.

Simon – tous les témoignages concordent sur ce point – est venu normalement faire son cours, à l'école de la rue de Passy, le jeudi 8 mai en début d'après-midi. « Il avait l'air inquiet », ont assuré lors de l'enquête plusieurs de ses élèves. Mais la plupart ajoutent qu'il avait toujours l'air inquiet.

Il présentait, en fait, un mélange déroutant de nervosité presque maladive, d'angoisse mal contenue et d'une gaieté légère, détendue, souriante, qui entrait pour beaucoup dans le charme certain que chacun se plaisait à lui reconnaître. Dans la plus rapide conversation de couloir avec un collègue, une étudiante, ou même avec un supérieur, il mettait une gentillesse volontiers bavarde, pleine d'inventions inattendues et désinvoltes, une spontanéité, un humour sans conséquence, qui le faisaient aimer par tout le monde, comme on aime un enfant...

Puis, soudain, le sourire innocent s'effaçait sur ses lèvres, qui perdaient en quelques secondes leur joli dessin sensuel pour devenir dures et minces ; ses yeux paraissaient s'enfoncer dans leurs orbites, les prunelles s'assombrir... Et il se retournait d'un seul coup, comme s'il pensait faire ainsi face à un ennemi qui se serait approché derrière son dos, en catimini... Mais il n'y avait personne, et Simon reprenait lentement sa position première, devant son interlocuteur désemparé. Désemparé lui-même, le garçon semblait alors s'être enfui à des milliers de kilomètres, ou à des années-lumière. Il prenait congé sur quelques paroles vagues, décousues, à peine audibles.

Le vendredi 9 mai, il ne s'est pas présenté à l'école. On ne s'en est pas inquiété : son cours du vendredi, placé tout en fin de journée, était le dernier cours de la semaine et beaucoup d'élèves – surtout au printemps – affectaient de le considérer comme facultatif ; il arrivait parfois aux jeunes professeurs d'en faire autant.

Mais, le lundi 12, on ne l'a pas revu non plus, ni le mardi. Sa chambre ne possédait pas le téléphone. Le mercredi, un sous-directeur a demandé aux étudiants si l'un d'entre eux pouvait passer rue d'Amsterdam, afin de s'enquérir de la santé de « Ján », qui aurait pu être gravement malade et dans l'impossibilité de prévenir. La messagère bénévole a trouvé porte close. Personne n'a répondu à ses sonneries répétées, ni à ses appels. Aucun bruit ne provenait de l'intérieur.

Le jeudi 15 était le jour de l'Ascension. Le vendredi 16 au matin, les autorités de l'école ont alerté la police. La porte de Simon Lecœur a été enfoncée, en présence d'un commissaire divisionnaire, ce vendredi-là aux alentours de midi.

Dans la chambre comme dans le cabinet de toilette, les inspecteurs ont trouvé tout en ordre, ainsi que nos agents (qui eux, évidemment, possédaient un double de la clef) l'avaient déjà fait deux jours plus tôt. Il n'y avait trace ni de lutte, ni de visite intempestive, ni de départ précipité. Les quatre-vingt-dix-neuf feuillets dactylographiés (remis en place par nos soins après photocopie) sont donc vite devenus le seul élément pouvant être considéré comme un indice.

L'intérêt des enquêteurs pour ce texte n'a fait que croître, on s'en doute, quand, le dimanche 18 vers 19 heures, on a découvert dans un atelier désaffecté, proche de la gare du Nord, le corps sans vie d'une inconnue, âgée de 20 ans environ. Sa mort ne remontait guère à plus d'une heure, peut-être moins encore.

La jeune victime ne portait sur elle aucun papier permettant de l'identifier. Mais son apparence physique, son costume, sa position précise sur le sol (ainsi d'ailleurs que l'endroit lui-même) étaient exactement tels qu'ils se trouvent décrits au chapitre 6 du récit de Simon Lecœur. Comme celui-ci l'avait signalé, la flaque de sang était artificielle. Le médecin légiste a tout de suite constaté que le corps ne comportait aucune blessure, ni aucun traumatisme externe, les causes du décès demeurant donc énigmatiques. Il apparaissait néanmoins presque indiscutable qu'on se trouvait bien en présence d'un assassinat, et non d'une mort naturelle.

Toutes les recherches entreprises concernant l'identité de la jeune femme sont, jusqu'à présent, demeurées vaines : aucune personne correspondant à ce signalement n'a été portée disparue sur l'ensemble du territoire. À cause de la proximité de la gare, les investigations s'orientent donc maintenant du côté d'Anvers ou d'Amsterdam.

Un autre point intrigue la police : la ressemblance plus que curieuse (allure générale, mensurations, traits du visage, couleur des yeux et des cheveux, etc.) qui existe entre la morte et Simon Lecœur lui-même. La chose est à ce point troublante qu'on a pu penser un moment qu'il s'agissait d'un seul et même personnage : le charmant professeur de l'École franco-américaine aurait été une femme travestie. Cette hypothèse séduisante n'a toutefois pas été retenue, car le médecin de l'École avait examiné en détail le prétendu Simon, quelque deux semaines auparavant, et se portait garant de son appartenance au sexe masculin.

Ce praticien – le docteur Morgan – soignait Simon pour des troubles de la vue, troubles aigus, semble-t-il, bien que probablement d'origine nerveuse. Le disparu prétendait en effet souffrir de brusques baisses de sa vision (diminution de la luminosité des images rétiniennes), de plus en plus fréquentes et pouvant aller jusqu'à la cécité totale, durant parfois de longues minutes. Morgan, féru de psychanalyse, avait tout de suite pensé à un banal complexe d'Œdipe.

Le malade s'était contenté de lui répondre, en riant, qu'il n'avait rien à faire à Cologne. Cette plaisanterie absurde, jointe au thème des pavés disjoints, continuait de plonger le docteur dans une grande perplexité, et dans de nouveaux soupçons. Il n'est pas exclu, naturellement, que cet aveugle intermittent ait été un vulgaire simulateur, mais on en perçoit mal les mobiles, puisqu'il ne sollicitait de son employeur aucun congé de maladie, ni le moindre changement d'horaires.

De tous les personnages qui apparaissent dans son récit, l'un en tout cas – au moins – existe sans nul doute : la petite Marie. À partir de l'atelier abandonné, les enquêteurs ont retrouvé sans mal le café-brasserie où l'on ne sert pas de pizza. Un policier a surveillé cet établissement pendant plusieurs jours. La petite Marie, toujours en robe 1880, y est entrée le 21 au soir (elle venait, saura-t-on plus tard, régler une ancienne dette). À sa sortie, le policier l'a prise en filature. Il l'a suivie jusqu'à l'impasse Vercingétorix. Vers le milieu de la longue ruelle, des gens à nous sont intervenus. Ayant intercepté en douceur ce trop curieux gardien de l'ordre, ils l'ont ramené, de nouveau, à la case de départ.

DANS LA COLLECTION « DOUBLE »

Henri Alleg, *La Question.*
Yann Andréa, *M. D.*
Pierre Bayard, *L'Affaire du chien des Baskerville.*
Pierre Bayard, *Qui a tué Roger Ackroyd ?*
Samuel Beckett, *L'Innommable.*
Samuel Beckett, *Malone meurt.*
Samuel Beckett, *Mercier et Camier.*
Samuel Beckett, *Molloy.*
Samuel Beckett, *Watt.*
François Bon, *Sortie d'usine.*
Michel Butor, *L'Emploi du temps.*
Michel Butor, *La Modification.*
Éric Chevillard, *Du hérisson.*
Éric Chevillard, *La Nébuleuse du crabe.*
Éric Chevillard, *Oreille rouge.*
Éric Chevillard, *Palafox.*
Éric Chevillard, *Le Vaillant petit tailleur.*
Marguerite Duras, *Détruire dit-elle.*
Marguerite Duras, *Emily L.*
Marguerite Duras, *L'Été 80.*
Marguerite Duras, *Moderato cantabile.*
Marguerite Duras, *Savannah bay.*
Marguerite Duras, Xavière Gauthier, *Les Parleuses.*
Marguerite Duras, Michelle Porte, *Les Lieux de Marguerite Duras.*
Tony Duvert, *L'Île Atlantique.*
Jean Echenoz, *Cherokee.*
Jean Echenoz, *L'Équipée malaise.*
Jean Echenoz, *Les Grandes Blondes.*
Jean Echenoz, *Je m'en vais.*
Jean Echenoz, *Lac.*
Jean Echenoz, *Nous trois.*
Paul Éluard, *Au rendez-vous allemand*
suivi de *Poésie et vérité 1942.*
Christian Gailly, *Be-Bop.*
Christian Gailly, *Les Évadés.*
Christian Gailly, *Les Fleurs.*
Christian Gailly, *L'Incident.*
Christian Gailly, *K.622.*
Christian Gailly, *Nuage rouge.*
Christian Gailly, *Un soir au club.*
Anne Godard, *L'Inconsolable.*
Bernard-Marie Koltès, *Une part de ma vie.*
Hélène Lenoir, *L'Entracte.*
Hélène Lenoir, *Son nom d'avant.*
Robert Linhart, *L'Établi.*
Laurent Mauvignier, *Apprendre à finir.*
Laurent Mauvignier, *Dans la foule.*
Laurent Mauvignier, *Des hommes.*

Laurent Mauvignier, *Loin d'eux.*
Marie NDiaye, *En famille.*
Marie NDiaye, *Rosie Carpe.*
Marie NDiaye, *La Sorcière.*
Marie NDiaye, *Un temps de saison.*
Christian Oster, *Loin d'Odile.*
Christian Oster, *Mon grand appartement.*
Christian Oster, *Une femme de ménage.*
Robert Pinget, *L'Inquisitoire.*
Robert Pinget, *Monsieur Songe* suivi de *Le Harnais* et *Charrue.*
Yves Ravey, *Enlèvement avec rançon*
Alain Robbe-Grillet, *Djinn.*
Alain Robbe-Grillet, *Les Gommes.*
Alain Robbe-Grillet, *La Jalousie.*
Alain Robbe-Grillet, *Pour un nouveau roman.*
Jean Rouaud, *Les Champs d'honneur.*
Jean Rouaud, *Des hommes illustres.*
Jean Rouaud, *Pour vos cadeaux.*
Nathalie Sarraute, *Tropismes.*
Eugène Savitzkaya, *Exquise Louise.*
Eugène Savitzkaya, *Marin mon cœur.*
Inge Scholl, *La Rose Blanche.*
Claude Simon, *L'Acacia.*
Claude Simon, *Les Géorgiques.*
Claude Simon, *L'Herbe.*
Claude Simon, *Histoire.*
Claude Simon, *La Route des Flandres.*
Claude Simon, *Le Tramway.*
Claude Simon, *Le Vent.*
Jean-Philippe Toussaint, *L'Appareil-photo.*
Jean-Philippe Toussaint, *Autoportrait (à l'étranger).*
Jean-Philippe Toussaint, *Faire l'amour.*
Jean-Philippe Toussaint, *Fuir.*
Jean-Philippe Toussaint, *La Salle de bain.*
Jean-Philippe Toussaint, *La Télévision.*
Boris Vian, *L'Automne à Pékin.*
Tanguy Viel, *L'Absolue Perfection du crime.*
Tanguy Viel, *Insoupçonnable.*
Tanguy Viel, *Paris-Brest.*
Antoine Volodine, *Le Port intérieur.*
Elie Wiesel, *La Nuit.*

CET OUVRAGE A ÉTÉ ACHEVÉ D'IMPRIMER LE CINQ MARS DEUX MILLE TREIZE DANS LES ATELIERS DE NORMANDIE ROTO IMPRESSION S.A.S. À LONRAI (61250) (FRANCE)
N° D'ÉDITEUR : 5325
N° D'IMPRIMEUR : 124144

Dépôt légal : avril 2013